転生先で捨てられたので、
もふもふ達とお料理します
～お飾り王妃はマイペースに最強です～
4
桜井悠
illust. 凪かすみ
JN048415

ガイ・グルト
雪狐族の武官。
イ・リエナの
昔馴染み
エルネスト
ドラクシア竜皇国
の王子。
天馬騎士で
誇り高い

グレンリード・ディ・
ヴォルフヴァルト
銀狼王の異名を持つ
ヴォルフヴァルト王国の
国王
レティーシア・
グラムウェル
料理好きのOLだった
前世を持つ
公爵令嬢

クロード
レティーシアの兄。
お酒と読書と
怠惰な生活が
大好き
アティアルド
エルトリア王国の
王弟。
鹿の姿に変化するこ
とができる先祖返り

転生先で捨てられたので、

# もふもふ達とお料理します

～お飾り王妃はマイペースに最強です～ 4

桜井悠

illust. 凪かすみ

# Contents

# 一章　その笑顔は反則です

もふもふ、ふわふわ。

掌《てのひら》に当たる心地よい感触に、私は視線を下へ向けた。

ぐー様だ。いつのまにやら私の手は、ぐー様の背中へと置かれていた。

ほんのり温かくて、撫《な》で心地いいなぁ。

表面の艶《つや》やかな被毛と、その下にあるふわふわと柔らかい綿毛。防寒性能も撫で心地もばっちりな、素晴らしいもふもふっぷりだ。

うっとりと撫でまわしていると、掌の下で銀の体がわずかに動いた。青みがかった碧の瞳が、すいとこちらを見上げてくる。

「そんな目をしてどうしたの？」

何かを訴えかけるような瞳に問いかける。

ぐー様は表情豊かな狼だ。今も不機嫌そうな、どこかこちらを責めるような目をしていた。

私、何かやらかしちゃったかな？

考え込んでいると、ふいに手首が握られた。

「えっ？」

手首を掴むのは人間の長い指。

視線をあげ、その持ち主を確認し驚く。

「グレンリード陛下……？」

こちらを眺める切れ長の瞳は、冬の湖を思わせる深い色彩をしていて。

そしてなぜだか、ぐー様とそっくり同じ色をしていた。

「レティーシア」

混乱する頭に、陛下が名前を呼ぶ声が響く。

「おまえはずいぶんと、私の毛皮が気に入っていたようだな」

「あ……」

猛烈な勢いで、記憶が蘇《よみがえ》ってくる。

思う存分撫でまわして、スリッカーブラシをかけて、誰にも明かしたことのない、胸の内側をこぼしちゃって。はたまた機嫌のよい時には、鼻歌を聞かせたりしちゃって。

そんな、ぐー様に対してしてきたことは全て、グレンリード陛下に知られてしまっているのだ。

うわぁぁ………。

頭を抱えたくなってしまう。

どう考えても、一国の王である陛下にしていい行いじゃない。

焦りまくりながら、私は慌てて頭を下げて――

◇◇◇

「本当に！　本当に申し訳ありませんでしたっ‼」

「ぴぴっ⁉」

私の叫びに続く、甲高《かんだか》い鳴き声。

え、これはいったい？

耳をきーんとさせながら、私は周りを見回した。

「……ぴよちゃん？」

「ぴっ！」

すぐ傍《そば》で、ぴよちゃんが目をぱちくりとさせている。クリームイエローの羽が、微風にそよぎふわふわとしていた。

大きなヒヨコに似た姿の、くるみ鳥という種族の幻獣のぴよちゃん。私の魔力を気に入っているため、最近眠る時はいつも、私の部屋で過ごしているのだ。

「そうか、私、今まで夢を……」

胸に手を当てると、夢の余韻で心臓がばくついている。

――離宮に遊びに来ていた銀狼《ぎんろう》、ぐー様の正体がグレンリード陛下その人であること。

しばらく前に知った、衝撃的な事実だった。

「うぅ……。どんな顔をして、陛下にお会いすればいいんだろう」

明日の夕方、私は陛下のおわす本城に招待を受けている。ここしばらく、落ち着いて話し合う時間がなかったので、間違いなくぐー様についても話題に出るはず。そのことが気になって気になって、夢にまで陛下が出てきてしまったようだ。

私、レティーシアがこの国、ヴォルフヴァルト王国へやって来てから数か月。グレンリード陛下とはお飾りの王妃なりに、そこそこ関係は良好……だったはずだ。

「……ぐー様が陛下だって知った時は、とても驚いてしまったものね」

あれほど驚いたのは、前世の記憶を取り戻した時以来かもしれない。

グラムウェル公爵家の令嬢として、この世界に生を享《う》けた私だけど。

祖国であの日、フリッツ殿下から婚約破棄を突き付けられた衝撃で、日本人であった前世の記憶が蘇ったのだ。日本からこの世界へ転生した仕組みや理由はわからなかったけど、今のところ大きな問題は起きていなかった。

なので私は日本の知識も活用しつつ、のんびりマイペースな生活を楽しんでいる。

料理人のジルバートさんと一緒に、この国にはない料理に挑戦して、出来上がった料理を周りの人へ振る舞って。おかげで次期お妃候補である、ナタリー様やケイト様とも仲良くなることができている。一月ほど前、『薔薇《ばら》の集い』の準備中に起こったトラブルでも、飴細工《あめざいく》の薔薇が活躍してくれたのだった。

思い出す私は鼻に、かすかな甘い香りを感じた。

「にゃっ！」

「いっちゃん、おはよう」

庭師猫のいっちゃんだ。

朝の光を浴びて、ライトグリーンの瞳が宝石のように輝いている。

床に二本足で立ち、寝台のふちに前足をかけこちらを覗《のぞ》き込んでいるようだ。薄いグレーに濃いグレーの縞《しま》が入ったサバトラの毛並み。ほんのりと甘い、苺《いちご》の香りをまとっていた。

「今日もいっちゃんはいい香りね……」

「うにゃっ‼」

勿論ですとも！

と言うように、いっちゃんが頷《うなず》いている。

毎日苺を食べているせいか、いっちゃんの体からはかすかに、苺の香りが漂っているのだ。

「にゃにゃっ！」

「わかったわ。ちょっと待っててね」

急《せ》かすいっちゃんに応え、寝台から体を起こしていく。

いっちゃんは毎朝、朝ご飯を催促しにやってきているのだった。

「レティーシア様、おはようございます」

サイドテーブルの上の鈴を鳴らすと、少ししてルシアンが入ってきた。

綺麗《きれい》に整えられた黒髪に青い瞳。端正な容姿を持つルシアンは、私が祖国から連れてきた従者だ。とても優秀で、私はいつも助かっている。

　ルシアンは紅茶一式と苺ジャムを、盆に載せ運んできてくれた。

「う〜ん、いい香り。ルシアンは紅茶を淹《い》れるのも上手よね」

「お褒めにあずかり光栄です」

　優雅に一礼すると、ルシアンが手早くサイドテーブルに、茶器を並べていった。磨き抜かれた銀のティースプーンを覗き込み、ぴよちゃんが小首をかしげている。鏡のようなティースプーン表面に映った自分の姿を、不思議に思い見ているようだ。

「にゃっ！」

　一方のいっちゃんは、ルシアンでもティースプーンでもなく、苺ジャムにふんふんと顔を近づけていた。

「ふふ、いっちゃん、お待ちかねの朝ご飯よ。……食べないの？」

　いっちゃん用の器に苺ジャムをよそったのに、なぜか口に運ぼうとしなかった。

　どうしたのかと見ていると、いっちゃんが紅茶のカップを見上げている。

「……飲みたいの？」

　いっちゃんが頷いた。

　そういえば私は昨日、目覚めの紅茶に苺ジャムを入れ飲んでいた。

　どうやらいっちゃんも、真似《まね》したくなったようだ。

　ルシアンに頼み、いっちゃん用の紅茶も持ってきてもらうことにする。

苺ジャムを入れた紅茶を前に、いっちゃんがおひげを揺らしていた。

「いっちゃんは猫舌だから、ちょっと待っててね」

猫そっくりのいっちゃんは、やはり熱いものは苦手のようだ。

本物の猫ほどではないとはいえ、淹れたての紅茶は少し待つ必要があるらしい。

じっとカップを覗き込み、肉球をかざし温度を測るいっちゃん。

しばらくすると慎重に、カップの持ち手を掴み口元へと持っていった。

「……にゃっ！」

この食べ方もイイネ。

と言うように、カップ片手にいっちゃんが頷いている。

まるで人間のようなその姿に目を細めていると、部屋の扉が控えめに鳴らされた。

「レレナです。今よろしいでしょうか？」

「ええ、大丈夫よ」

入ってきたのはメイドのお仕着せをまとった少女、レレナだった。

「レティーシア様、明日の料理はどうなさいますか？　今日の買い出し前までに作るものを決めて欲しいと、ジルバートさんが言っていました」

「そうね、明日は――――ん？　その髪形可愛いわね」

柔らかな黒髪と、猫そっくりの耳を持つレレナ。

いつもと違い、二つ結びにした髪の結び目にぐるりと、編み込みが巻きつけられていた。

編み込みがリボンのように見える、おしゃれで可愛らしい髪形だ。

「えへへ、ありがとうございます。今日は朝少し時間があったので、髪型を工夫してみたんです」

「よく似合ってるわ。髪をいじるのが上手なのね」

「髪をいじるの、昔から好きなんです」

嬉《うれ》しそうにレレナがはにかんでいる。

猫耳がぴこぴこと動き、尻尾《しっぽ》も上機嫌に揺れていた。

良かった。

髪形にこだわることができるくらい、気持ちに余裕ができたようだ。

レレナは大人びており、年の割に聡明だった。

両親は既に亡く、姉であるクロナも、罪を償うため牢獄《ろうごく》に入っている。頼れる血縁もなく苦労していて、この離宮に来てからしばらくも気を張っていた。

そんなレレナも雰囲気が明るくなり、以前よりのびやかに暮らせているようで嬉しかった。

レレナは大きな金の瞳で、紅茶を飲み終えたいっちゃんを見ている。山猫族なだけあって、猫そっくりないっちゃんも好きなようだ。

「今なら、いっちゃんのこと撫でられるはずよ」

「私がいいんでしょうか？」

レレナが遠慮がちに効いてくる。

彼女の連れてきた黒猫メランといっちゃんが不仲だったのを、今も気にしているようだった。

「メランはメラン。レレナはレレナよ。レレナのことは、いっちゃんも苦手じゃないもの」

「にゃっ！」

肯定するように、いっちゃんが鳴き声をあげた。好物の苺ジャムで満腹で、機嫌がよくなっているらしい。

レレナがそっと、いっちゃんの傍へとしゃがみこんだ。

「かわいい……。それにいい香り」

いっちゃんから漂う苺の香りに、レレナが小さく頬をほころばせている。

微笑《ほほえ》ましく思っていると、ぴよちゃんがこちらへ近づいてきた。

「ぴぴよぴっ！」

「よしよし、次はぴよちゃんのご飯ね」

クリームイエローの羽毛を撫でてやる。

ぴよちゃんの主食は魔力だ。

軽く集中し、体内の魔力の流れを意識する。

指先へと集め、ぴよちゃんの羽毛へと流していった。

「ぴよよよ〜〜〜〜」

うっとりと目を閉じ、嘴《くちばし》を震わせているぴよちゃん。

私の魔力は、何よりのご馳走《ちそう》なのだ。

満足げなぴよちゃんを撫でながら、脳内で今日やるべきことを確認する。先ほどレレナが伝えてくれたように、陛下にどの料理を作り持っていくか、早めに決めなくてはいけない。

「レティーシア様、どうなさったのですか？」

私が思い悩む気配を察知したのか、レレナが心配そうにしている。

「明日の夕方、陛下にどういった料理をお持ちしようか考えていたの」

「レティーシア様でも悩まれるんですね」

「悩むわ。どんな料理を選ぶべきか迷うもの」

会話の邪魔にならないよう量は少な目で、さっぱりとした料理がいいだろうか？

けどそれだけだと、満腹感がなく陛下には物足りないかもしれないし……。

悩みどころだった。

「陛下にお持ちするお料理でしたら……。レティーシア様の作られる料理なら、どれも美味《お い》しいので嬉しいと思います」

「陛下にもそう思っていただけたら幸いなのだけど……。そうね」

言っている途中で気がついた。

そうだ。

色々と気になることはあるけど、一番大切なのは美味しく食べてもらうことだ。

もしこの先、私と陛下の関係が変わってしまうとしても。

陛下に美味しい料理を食べていただきたいという、私の気持ちは変わらないはずだ。

「レレナ、ありがとう。おかげで料理が決まりそうよ」

必要な食材を考え、レレナへと伝えてゆく。おそらくストックはあるはずだが、念のため確認しておいてもらおう。

陛下はお忙しい方だ。

せっかくの料理を食べてもらえる機会、食材不足で失敗したくはないものね。

「はい！　承知いたしました。ジルバートさんに聞いてきますね」

レレナの返事を聞きながら、私は明日の夕食に思いを馳せたのだった。

◇◇◇

あけて翌日。

日が暮れる頃、本城から迎えの馬車がやってきた。

「こんばんは、レティーシア様。本日は私が、お迎えにまいらせていただきました」

陛下の側近であるメルヴィン様だ。柔らかな金の髪に、明るい空色の瞳。甘く整った顔に微笑を浮かべ、こちらへと手を差し伸べている。

優雅なエスコートに導かれ、私はルシアンと共に馬車へと乗り込んだ。

「お迎えありがとうございます。珍しいですね。メルヴィン様がこちらまで迎えにきてくださるの、初めてですわよね？」

「ええ、初めてになります。今日は少し、お話ししたいことがございまして」

走り出した馬車は、簡単には盗み聞きのされない密室になっている。

他人には聞かれたくない、私に話したいことがあるらしい。

「どのようなお話でしょうか？」

「ちょっとしたご確認です。レティーシア様は今日、ぐー様について陛下とお話しされるつもりですか？」

この場でわざわざ、ぐー様のことを口に上らせたということは、

「メルヴィン様も、ぐー様と陛下の秘密をご存じなのですね？」

「さようにございます。驚かれましたか？」

「……いえ、納得いたしました。陛下のお傍にも誰か、秘密を共有し協力する人間がいなければ、今頃騒ぎになっていたでしょうから」

思えばメルヴィン様は、ぐー様に妙に含むところがある態度だった。

以前私が、

『ぐー様、少し意地悪なところもあるけど、優しく可愛らしい子ですね』

と、言った時。

メルヴィン様はぐー様を見ながら、

『……可愛らしい……』

と、笑いをこらえるような表情をしていた。

ぐー様の正体を知ったのはつい最近だけど、気づかないだけでヒントは転がっていたのだ。

「メルヴィン様は最初からぐー様の正体を知っていて、私達のことを見守っていたんですよね？」

「お二方の微笑ましいやり取りを、楽しく見守らせていただきました」

「メルヴィン様……」

食えない人だと思っていたけど、やはりなかなかにいい性格をしているようだ。

してやられたという思いを、苦笑でくるみ表情へと載せる。

「おや、呆《あき》れられてしまいましたか？」

「味方である分には、頼りになるお方だと思っただけです」

「光栄なお言葉です。私もレティーシア様のことを、頼りがいのあるお方だと思っております」

この流れで頼りがいがあると言われても、言葉通り受け取っていいか悩むところだよね。

それとなくメルヴィン様の様子をうかがっていると、にっこりと笑みを向けられた。

「私が、レティーシア様の存在を歓迎しているのは本心ですよ。レティーシア様は陛下の秘密を知ってなお、拒絶することはなかったでしょう？」

「陛下が秘密を明かしてくださったのは、私を助けようとしてくれたからです。感謝こそすれ、拒絶などいたしませんわ」

衝撃は受けたし、走馬灯が駆け巡り醜態は晒《さら》してしまったわけだけど。

陛下を拒絶したり、嫌ったりする理由はどこにも見あたらなかった。

「ふふ、だからこそありがたいのですよ。人間が狼に変じるなんて、普通はとても受け入れられない出来事です。レティーシア様はさすが、器が大きくていらっしゃいます」

「ありがとうございます」

賛辞を受けたので、素直に笑みを浮かべておく。

……この世界では、人間が狼や獣に変じるのが本来ありえないことなのだとしても。

私は前世で触れた漫画や小説のおかげで、人間が獣に変化するという話にも馴染《なじ》みがあった。

陛下の正体を知った時も、おかげで比較的早く冷静になれたわけで、漫画や小説さまさまだ。

そうやって、メルヴィン様とアハハウフフと腹の探り合いをしていると、馬車の揺れが弱くなっていく。

もう間もなく、陛下のおわす本城に到着するのだ。

「レティーシア様、お話しいただきありがとうございました。おかげさまで憂いなく、陛下の元へご案内することができます」

「憂いなく、ですか……」

つまりもし、私がぐー様の秘密について、ネガティブな反応をしていたとしたら。

メルヴィン様は私を、陛下に引き合わせることなく追い返そうとしたのだろうか？

「あぁ、そんな物騒な意味ではありませんよ」

こちらの思考を読み、メルヴィン様が空色の瞳を細めている。

「私の一存でレティーシア様を追い返すなど、陛下がお許しになるはずがありません。そんなことをしたら、私が陛下に噛みつかれてしまいます。狼の牙《きば》ですよ？　恐ろしくてたまりませんね」

メルヴィン様がわざとらしく体を震わせている。

口では怖い怖いと言いながらも、陛下への親しみがあるからこその仕草だ。

「メルヴィン様は、陛下を大切に思われているのですね」

だからこそわざわざ、私にぐー様のことをどう思うかここで聞いたのだ。

私が陛下のお心を傷つけないか、心配していたのかもしれない。

「陛下は良い腹心をお持ちのようで羨ましいです」

「ふふ、そちらの従者の、レティーシア様への忠誠には勝てませんよ」

軽くおどけたメルヴィン様の言葉に、

「ありがたいお言葉です」

ルシアンが否定することもなく、綺麗な礼をしたのだった。

◇　◇　◇

馬車を降り、ドレスの裾を直し、持ってきた料理を一旦毒見のために預けて。

騒ぐ心臓を抱えながら、私は陛下の待つ応接室へと入った。

「……レティーシア、よく来てくれたな」

耳に心地よい、陛下の低い声が響く。

少しだけ、話しかけられるまで間があったのは気のせいだろうか？

陛下は感情を見せることもなく、秀麗な面をこちらに向けられていた。

うん、美形だ。

夢で見たのと同じか、いやそれ以上に、陛下は麗《うるわ》しかった。

銀の髪は眩《まばゆ》く、形良い眉の上にさらりとかかっている。切れ長の瞳に、すっと通った鼻筋。希代の名工の手によって、氷から掘り出された彫像のようだ。何度もお会いしているのに、またもや軽く感動してしまった。

「お招きにあずかり参上いたしました。多忙な陛下のお時間をいただき、感謝いたしますわ」

「そうか」

陛下の返事はそっけなかった。

いつもなら私が声をかけると一振り、銀の尻尾を振り答えてくれるのに……。

いや、違う違う。

混ざった。つい混じってしまった。

陛下はぐー様だけど今はぐー様じゃないわけで、これが当たり前の反応。

私ががっかりする理由はないはずだ。

そう自分に言い聞かせると、陛下の対面の席に着いた。

「……私もおまえも、腰を据え話したいことがあるはずだ」

着席するやいなや、さっそく口火を切った陛下。

私は静かに生唾を呑み込んだ。

「はい。お聞かせ願える範囲で、ぐー様のことについて教えていただきたいです」

「わかった。……そうだな、まずは我が王家の来歴から話そうか。我が国の建国伝説については、おまえも知っているな？」

もちろんだ。

お飾りの王妃になるにあたり、この国の歴史や伝説は、一通り頭に入れている。

「ヴォルフヴァルト王国の初代国王が、銀の毛皮を持つ聖なる狼だったという伝説ですよね。あくまで伝説だと思っていましたが……実際にあった歴史なのですか？」

「その通りだ。伝説とは歴史のなれの果てである、という言葉もある。世に語られる伝説そのままではないが、いくらかの真実が含まれているようだ」

「伝説が真だとしたら、すごいことだと思います」

思わずそわそわ、ロマンの香りにわくわくしちゃうね。

狼が人の姿になり国を作るなんて、何があったのかとても気になった。

「もう何百年も前のことだ。わが王家にも、今に至るまで伝わる情報は限られているが……。だがそれでも、初代国王が狼の姿に変じられたこと、氷雪を操る超常の力を持っていたこと、そして代々の王家の人間に時折、初代国王と同じような者が生まれるのは確かなことだ」

「陛下と同じような方が、過去に何人もいらっしゃったんですね」

「先祖返りと、わが王家ではそう呼んでいるな」

先祖返り、と。

私はそっと心の中で繰り返した。

隔世遺伝のようなものなのだろうか？

それを言い出すと、そもそも遺伝上、狼と人間両方の特徴を備えた子供は生まれるのか？

という根本的な疑問が湧いてくるわけだけど……。

この世界には獣人がいるし、魔力という不思議な力もあった。

現にこうして今、狼と人間の二つの姿を持つ陛下がいるのだから、血脈は続いているようだ。

「……陛下は昔から、ぐー様の姿に自由に変化することができたのですか？　幼い頃、陛下は病弱でしたのですよね？」

目の前の、堂々たる佇《たたず》まいからは信じられないほどに。

幼少期の陛下は体が弱く、あまり表には出てこられなかったらしい。もしかしたらそれも、何か先祖返りの影響なのかもしれない。

「体が弱かったのは本当だ。体調が崩れると、ちょっとしたはずみで、狼の姿に変化してしまい困っていた。そんな状態で、迂闊《うかつ》に外に出ることはできないだろう？」

「人間が狼の姿に変わったら、びっくりされてしまいますものね」

異物とは排斥《はいせき》されやすいもの。

残念ながら、それは前世でもこの世界でも共通していた。

陛下が先祖返りの狼の姿を隠すのも、ごく当たり前の考えだ。

「だからこそ療養のためにも、部屋に閉じこもり寝台の住人になることが多かった。あの頃の私にとっては子供部屋の中だけが、生活のほぼ全てと言って過言ではなかったからな」

陛下の子供時代は、自由という言葉とはほど遠かったようだ。

遊びたい盛りに気の毒に、と思いかけたところで。

碧の瞳が過去を懐かしむような、柔らかな色をしているのに気がつく。

「陛下の幼少期は、温かな思い出に彩られているのですね」

「……あぁ」

少しの沈黙の後、陛下が肯定を返した。

陛下が、どんな子供時代を送っていたのか気になって。

もっと陛下のことを知りたい、と。

そんな思いがいつの間にか、私の中で強くなっているのを感じた。

「陛下はどのような子供だったのですか？」

問いかけに、陛下は数秒考えられてから口を開いた。

「いわゆる子供らしい、活発な性格ではなかったはずだ。体が弱く、様々な制限の多い生活だったが……。悪いことばかりではなかったと、今でもそう思っている」

「どなたか、寄り添ってくださる方がいたんですね」

陛下は厳格で一見近寄りがたいけど、優しいところもあるお方だった。

きっと誰か心優しい人が、陛下のお心を育んでくれたのだ。

「……兄上だ」

愛《いと》しさと、そして切なさが。

ない交ぜになった光が、一瞬陛下の瞳によぎった。

「五つ年上のレオナルド兄上が、よく私の元へ訪ねてきてくれた。兄上は大変優秀で、慈しみにあふれた方だった」

レオナルド殿下。

先代国王の第一王子であり、今はもう故人だった。

「私が勉学に行き詰まっていればわかりやすく教えてくれ、王城で起こった出来事を、面白おかしく語り聞かせてくれたものだ。時には木剣を持ち込み、習いたての剣術を披露してくれたりして、幼い私は目を輝かせていたな」

追想を語る陛下がふ、と、笑みと吐息の中間を吐き出した。

つられるように、私も想像していた。

私の腰あたりの背丈しかない陛下が、胸を弾ませ笑顔を浮かべるところを。

愛らしくて、自然と笑みがこぼれた。

「ふふ、レオナルド殿下は、とても良い兄上だったのですね。誇らしく思う陛下のお気持ちが、こちらにも伝わってきますわ」

「……私はそんなに、わかりやすかったか？」

「私も五歳年上の兄、クロードお兄様によく構ってもらっていましたから、兄上を自慢に思うお心はよくわかりますわ」

クロードお兄様、懐かしいなぁ。

めんどくさがりでマイペースな性格だけど、私のことは可愛がり面倒を見てくれていた。

お兄ちゃんっ子という共通点を見つけ、陛下をぐっと身近に感じる。

ほっこりしていると、陛下が静かにこちらの様子をうかがっていた。

「おまえは、私の兄上への思慕を否定しないのだな。兄上がなぜ亡くなったか、知らないわけではないだろう？」

「ええ、聞いております」

母親である第一王妃と、グレンリード陛下の母親である第三王妃と共に、運悪く崖崩れに巻き込まれ死亡。

……というのは表向きの発表だ。

第一王妃とレオナルド殿下が第三王妃の暗殺をもくろんだ結果、もろとも落命してしまった。

それがおおよその、政治関係者の見方だった。

「真実がどうであったのか、その時のレオナルド殿下が何を考えていらしたのかは私にはわかりませんが……。陛下が今でもレオナルド殿下のことを、慕っているのはよくわかりました。その思いは、とても尊いものだと思いますもの」

王族というのは、兄弟仲がこじれやすいものだけど。

一時期でもレオナルド殿下と心を通わせられ、その交流が今の陛下の優しさの礎になっているのなら、私は否定したくなかった。

「……母上の仇《かたき》であろう兄上を憎めない私を、おまえは咎《とが》めないのか？」

「無理に憎む必要はないと思いますので」

一歩踏み込むような陛下の質問に、私は率直な思いを答えた。

血統を重んじる王侯貴族の風潮からしたら、非常識な答えになるのだろうけど。

政敵にならない限りは母親のことを慕うべしとは、私には思えなかったのだ。

王族には珍しくないことだが、陛下の母上はあまり子育てには関わらなかったと聞いている。

つい今しがた、幼少期を語る陛下の口からも、母上に関する言葉は一つもなかった。

陛下が薄情なのではなく、親子としての情を育むだけの触れ合いがなかったのだ。

疎遠な母上より、足しげく陛下の元に通ってくれた、レオナルド殿下の方を慕うのも自然だった。

「陛下は国王として注目を集める身ですから、あまり大っぴらにすると面倒事を引き寄せそうですが……。陛下はこの場で、私だからこそ仰《おっしゃ》ってくれたんですよね？　でしたら何も、問題などないと思いますわ。私、こう見えても口は堅い方ですから」

少しおどけるように、唇を指し示して見せる。

この場にいるのは私と陛下だけだ。

陛下にも肩の力を抜いて、少しでも楽に過ごしてほしいな、なんて思ったところで、

「そうか。おまえだからこそ、私は兄上の話をしていたのか……」

ぽつりとこぼされた、陛下の呟きを耳が拾った。

こちらを見る碧の瞳と視線を合わすうち、じわじわと頬が熱くなってくる。

あぁぁあ、恥ずかしい……………。

私、陛下に馴れ馴れしすぎじゃない？

『私だからこそ仰ってくれたんですね』なんて。

冷静になると自意識過剰すぎだ。

ぐー様の前で私は、色々と心の内を語っていた。

ついついそのノリで、ぐー様である陛下のお心を私にも話してもらえたら、なんて思ってしまったようだ。

気まずい。超気まずい。

完全に距離感がバグってしまっていた。

笑顔が引きつらないようしていると、陛下が瞳を細めた。

「私だけではなく、おまえも存外、焦りや内心がわかりやすいな」

偉そうな、それでいてどこか親しみのある言葉。

ぐー様だ。

陛下に重なるようにして、鼻を鳴らすぐー様の仕草を私は幻視した。

「陛下は、ぐー様にそっくりですね……」

「同じ存在だから当たり前だろう」

「……ええ、ふふ、そうですね。そうですわよね」

私はくすりと笑った。

強張《こわば》った体がほぐれていくようだ。

陛下がぐー様であると知ってしまい、私は距離感を掴み損ねていた。

けれど、そう。

そこまで難しく考えなくてもいいのかもしれない。

ぐー様はいつだって、さりげなくこちらを気遣ってくれていた。

陛下もそれは同じだ。

目の前にある姿が銀狼から人間へ変わろうと、本質は変わらないということ。

麗しく整った陛下のお顔と、もふもふとしたぐー様の顔。

二つがぴったりと重なり、愛おしさが心にあふれてきた。

「おまえ、なぜそのように笑っているのだ？」

「陛下がぐー様でよかったな、と思っていたんです」

こぼれ落ちたのは、自分でも少し意外な言葉だ。

そして私は自覚する。

ぐー様の正体を知って混乱し、ぐー様の前での振る舞いを思い出し恥ずかしくぎこちなくなってしまっていたわけだけど。

それだけではなくて、私は嬉しくもあったようだ。

ぐー様が陛下であるなら、これからもきっと、良い関係を築いていけると思ったのだ。

「……やはりおまえは、変な奴だな」

どことなく呆れた様子の陛下が、半目になるぐー様の姿と重なって。

ツボに入ってしまい、私はくすくすと笑い続けた。

「ふふ、失礼いたしました。ついぐー様の時のお姿を思い出してしまって――」

こんこん、と。

私の言葉の途中で、控えめに扉が鳴った。

預けていた料理の、毒見が終わったようだ。

「陛下、ご夕飯はまだですよね？　持ってきた料理、食べていただけませんか？」

私の提案に、陛下は頷いてくれた。

その青みがかった碧の瞳がきらり、と。

料理を求める時のぐー様と同じように光ったのを、私は見た気がしたのだった。

◇◇◇

――レティーシアが王城へとやってくる少し前。

グレンリードは一人、眉間に皺《しわ》を寄せていた。

（レティーシアがやってきたら、私はどう振る舞うべきだ？）

むぅ、と。

グレンリードは悩み考え込んでしまう。

以前までであれば、国王らしく堂々と訪れを待っていればそれで良かった。

しかし今や、レティーシアにはぐー様であることを知られてしまっている。

顔を合わせるのが気まずかったが、同時に彼女に会えることを喜んでいる自分もいるのだ。

（……うろたえ無様な姿は見せたくないな）

考えた結果、グレンリードはいつも国王として会っていた時と同じ調子で、レティーシアを出迎えることにした。

玉座にしっかりと腰かけ、開かれていく扉を見やる。

「……！」

ふわり、と。

開かれた扉から漂ってくる嗅ぎなれた香りと。

こちらを見つめる紫水晶の瞳に、鼓動が一つ高鳴った。

久しぶりに見たレティーシアの姿は、何より鮮やかにグレンリードの瞳に映った。

（……銀狼の姿の時であれば、こちらから近くへと行くことができるのにな）

今は玉座で待つことしかできずもどかしい、と。

つい考えてしまった自分に、グレンリードは少し驚いた。

これではまるで、自分で思っているよりずっと。

（レティーシアの訪れを、私は待ち望んでいたのか……？）

心の揺れを感じつつも、グレンリードは無表情を崩さなかった。何年もの間、国王として自己を律し振る舞っていたおかげだ。

優雅に一礼するレティーシアに声をかけた後、人払いをしておく。

メルヴィンや護衛、そしてレティーシアの伴ってきた従者ルシアンには、部屋のすぐ外で待機させておく手はずだ。

先祖返りについては王家の機密であり、余人には聞かせられない話である。

そのための人払いだが、部屋を出ていく寸前の、ルシアンの視線が突き刺さった。

従者としての完璧な振る舞いは保ったまま、けれど確かに、鋭い瞳をグレンリードへと一瞬見せていた。

（あいつには、ずいぶんと警戒されているようだな）

ルシアンにはぐー様の正体を知られた時に、非難するような眼差《まなざ》しを向けられている。

ぐー様の秘密を隠していた以上、当然とも言える反応だった。

（そう、警戒するのが当たり前の反応のはずなのだが……）

レティーシアには不思議と、そのような様子は見られなかった。

それなりに気を張って張いるらしいのは、鼻に届く匂いでわかった。が、それだけで、会話していくうちにその緊張感も和らいでいったようだ。

淑女らしい優雅な微笑に、ぐー様の前で見せる明るく気さくな表情が時折混じっていて。

だからこそグレンリードも、普段滅多に口にしない、兄レオナルドへの思い出をつい語っていた。

「そうか。おまえだからこそ、私は兄上の話をしていたのか……」

レティーシアとの会話は心地よかった。

グレンリードを恐れず、さりとて無遠慮に踏み込みすぎることもなく、陽《ひ》だまりのような言葉を返してくれる。

王族としては褒められたものではない、レオナルドを慕うグレンリードのことを、レティーシアは否定しなかった。

彼女の言葉に嘘はないと、特殊な鼻を持つグレンリードにはわかっている。

（いや、違うな。レティーシアがそういう人間であると、『匂い』がなくともわかっていたはずだ）

ぐー様として、彼女の飾らない姿を見てきたグレンリードは知っている。

非の打ち所のない礼儀作法を備えており優秀だが、レティーシアには普通の令嬢とはズレたところがあった。

今だって、グレンリードとぐー様がそっくりだと、なぜかくすくすと笑っている。

「おまえ、なぜそのように笑っているのだ？」

「陛下がぐー様でよかったな、と思ったんです」

あいかわらず、彼女の言葉に嘘の気配はない。

向けられるのは柔らかな、ぐー様とグレンリードが同一の存在であることを、受け入れ歓迎するような微笑だ。
ほころんだ唇に、煌《きら》めく紫水晶の瞳に、束の間グレンリードは目を離せなくなった。
(なぜだ……？)
なぜそのような嬉しそうな笑みを浮かべることができるのか。
そして自分は、なぜ彼女の微笑に心を動かされているのか。
わからないままに、グレンリードの鼓動は早まった。
(私がぐー様であると、こんなにも好意的に受け入れられるとはな……)
人は異質な存在、理解の及ばない対象を拒みがちだ。
グレンリードが先祖返りであり、銀の狼の姿に変じることができる、と。
それを知った相手は賞賛の裏に怖れを滲《にじ》ませるか、敬い持ち上げ遠ざけるばかりだ。
両親でさえ、その反応は同じだった。
恐れ期待し、グレンリードを特別扱いしていたのだ。
レティーシアが数少ない例外だと知り、グレンリードの瞳は揺れ動いた。
「……やはりおまえは、変な奴だな」
照れ隠しにそっけなく呟《つぶや》く。
「ふふ、失礼いたしました。ついぐー様の時のお姿を思い出してしまって――――」
レティーシアの言葉の途中で扉が鳴った。
毒見を終えた料理の到着が告げられる。

「陛下、ご夕飯はまだですよね？　持ってきた料理、食べていただけませんか？」

「あぁ、そうしよう」

今日はどんな料理だろうか？

レティーシアの料理は美味しい。

おかげでここ数か月、グレンリードは食の楽しみを取り戻していた。

「今日もこの場で加熱するのだな」

ルシアンが小型のフライパンと、埃避《ほこりよ》けの蓋が被せられた食材を持ってくる。

蓋が開けられると、皿にはふんわりと白い食パンがのっていた。

「トーストか？」

「ピザトーストです。陛下、ピザはお好きですよね？」

「あぁ、期待している」

「ふふ、ご期待に応えられるよう作っていきますね」

レティーシアがてきぱきと、料理を準備していった。

すぐ食べられるよう、下ごしらえは既に済まされているらしい。ふんわりと白い食パンに、潰したトマトが塗られていった。

「念のためですけど、陛下って玉ねぎは大丈夫ですよね？　犬や狼には、玉ねぎを食べさせてはいけないものですが……」

「問題ない。玉ねぎはどちらかといえば好物だ」

「失礼いたしました。では、玉ねぎを多めにしますね」

軽口を叩《たた》きながらも、レティーシアの手つきは淀みなかった。

玉ねぎの上から細かく刻まれたチーズをまぶすと、薄切りにされたソーセージを載せ、最後に表面全体にバランスよく、輪切りにされたピーマンを並べていった。

「では、焼いていきますね」

加熱はレティーシアの魔術による火だ。

油とバターを引き食パンを入れると、蓋をして弱めの火で焼いていった。

「よい香りだな」

漂いだすチーズの香り。

フライパンの鳴る音と共に、グレンリードの食欲を煽《あお》ってきた。

「そろそろ完成、ですわね」

鍋掴みで蓋をずらし、中の様子を見るレティーシア。

焼き具合を確認すると、皿へと食パンを下した。

「なるほど、確かに、ピザでありトーストでもあるな」

食パンにはこのような食べ方もあるのかと、グレンリードは軽く感心していた。

チーズにはところどころ焼き目がついており、香ばしい匂いを漂わせている。トマトの赤にチーズの黄色、ピーマンの緑が目にも賑《にぎ》やかだった。

口にすればとろり。ついでさくり、と。

とろけるチーズと食パンの食感が一口で味わえ、濃厚なトマトの酸味がソーセージによく合っている。玉ねぎとピーマンがよいアクセントになっており、舌を楽しませてくれた。

「むっ」

チーズは美味いがよく伸びる。

切れ端が跳ね、口の横についてしまったようだ。

指先でとっていると、レティーシアが小さく笑った。

「ふふ、ぐー様の姿でピザを食べた時も、チーズに少し苦戦されてましたね」

「…………」

無言で、グレンリードはピザトーストを食べ進めた。

美味しいが恥ずかしい。

レティーシアの微笑は愛らしくずっと見ていたいが、それはそれとして恥ずかしかった。

「もう一枚食べられますか？」

あっという間に食べ終わると、お代わりを勧められた。

「あぁ、もらおう」

「わかりました。それとよかったら、陛下御自身で上に載せる具材の量を調節し、ピザトーストを作られてみませんか？　今食べた具材だけではなく、ハムやベーコン、鶏肉を軽く焼いたものも持って来ています。自分好みの味や配分を、研究して極めるのも楽しいですよ」

「そういう楽しみ方もあるのだな」

食にこだわるレティーシアらしい提案だ。

グレンリードは二枚目の食パンを受け取ると、そこで少し考え込んだ。

◇　◇　◇

「二枚目は、おまえに食べてもらうのはどうだ？」

「私に？」

陛下の提案に、私は目を瞬《またた》かせた。

「そうだ。おまえも夕食はまだだろう？　先に食べるといい」

「良いのですか？」

「一度、自分で作った料理を、おまえに食べてもらいたいと思ったのだ」

陛下が食材とフライパンを見ている。

「おまえはよく、料理を人に食べてもらうのは楽しいと言っていた」

陛下がぐー様の姿で会いに来た時のことだ。

銀の毛並みを撫でながら献立を考えたり、料理の感想を私は語っていた。

めんどくさい作業も多い料理だけど、美味しく作れると達成感があるし、人に喜んでもらえるのが嬉しい。

私の料理好きが、陛下にも影響を与えていたようだ。

「料理の心得のない私でも、具材を選び焼くことはできると思うのだ」

「入門としてはちょうどよいですものね」

具材を選ぶのは楽しい。

まずは簡単な作業から、慣れてもらうのも良いはずだった。

「手についたホコリや食べかすが混じらないように、手を洗わせてもらいますね」

ルシアンがさっと、陛下の手の下へボウルを差し出す。

手洗いは大切だ。

魔術で水を生み出し、陛下に手を綺麗にしてもらう。

「では、先ほどの私のように、具材を選び載せていってください。何かわからないことや、聞いておきたいことはありますか？」

「おまえはどんな具材が好みだ？」

「そうですね……私も玉ねぎは好きなので多めに。チーズも今日は多めの気分です」

「わかった。たくさん載せておこう」

私のオーダーを受け、陛下が作業を開始した。

料理は初めてとのことだけど、バランスよく具材を並べられている。

「お上手です。次は油とバターを引いて、このフライパンで焼いてください」

「あぁ、貸してくれ」

私の手から、ひょいとフライパンが取られる。

蓋つきで少し重いけど、さすがは鍛《きた》えられている陛下。

危なげなくフライパンを構え、私が出した火で、食パンと具材を焼いていった。

調理ミスもなく焦がすことなく完成し、皿にピザトーストが載っけられる。

「いただきます」

両手で持ち口へ運ぶ。

こんがりと、焼き加減はちょうど良さそうだ。

たっぷりととろけるチーズも良いし、何より、記念すべき陛下の初料理だと思うと、より美味しく感じる気がした。

「満足してもらえたようだな」

あ、笑った。

口角を持ち上げはっきりと、陛下が微笑を浮かべていた。

氷の美貌に、春が訪れ熱が宿ったようだ。

「おまえの言う通り、料理を作るのは楽しいな」

「……はい」

陛下に見とれてしまい、つい返事が遅くなってしまった。

今の微笑は反則だ。

具体的に何が反則かはわからないが、反則なことだけは間違いなかった。

どきどきしていると、

「そこ、ついているぞ」

陛下が更なる反則を重ねてきた。

頬に触れる感触。

長く骨ばった指が、私の頬へと伸ばされていた。

「い、いきなり何を!?」

「指のすぐ横に、チーズの欠片《かけら》がついている」

「ありがとうございます！」

どぎまぎしながら、素早くチーズを取った。

陛下、心臓に悪いです……。

急に距離近くないですか？

ばくつく心臓を感じながら、ちろりと陛下の顔を見上げる。

もしかしたら陛下の方も、ぐー様の時の距離感が、無意識に出ているのかもしれない。

ぐー様の姿であれば気にならなくても、今の姿でやられると破壊力が高かった。

これはいけない。

もぐもぐとピザトーストの味に集中し咀嚼《そしゃく》すると、私は新たな食パンを陛下に差し出した。

ピザ生地に比べ、食パンは軽めで食べやすい。

陛下は合計三枚のピザトーストを焼いて食べたところで、満腹されたようだ。

「美味《うま》かった。具材を変えて、味に幅を出せるのも良いな」

「良かったです。陛下ならきっと、気に入ってもらえると思いました。ぐー様の姿の時、美味しそうにピザを食べていましたものね」

ぐー様に好評だった料理と、陛下が美味しいと言ってくれた料理。

二つを満たす料理は何かないかな、と考えた結果、ピザトーストを思いついたのだ。

陛下はぐー様でもあるのだと、食の好みの面からも実感できた。

「陛下はご多忙ですものね。ピザを生地から作るのは時間がかかりますが、ピザトーストなら具材さえ揃《そろ》っていたら、手早く作っちゃうことができます。今回、食パンを多めに持ってきたので、明日以降も小腹が空いた時に、厨房《ちゅうぼう》で作ってもらうと良いですよ」

「私のことを考え、選んでくれた料理なのだな」

陛下はそう言うと、また。

反則な微笑を浮かべられたのだった。

◇◇◇

ピザトーストを食べ終えた後、いくらか陛下とお話をし、私はお暇《いとま》することになった。

離宮へと戻ると、グリフォンのフォンが出迎えてくれた。

「きゅあっ！」

「フォン、ただいま」

月明りに、大きなフォンの影が落ちている。

私を主と認めるフォンは、忠犬のように懐いてくれていた。鳥目なのか夜はあまり視界が利いていないようで、空を飛ぶのではなく、四本の足で歩き近づいてくる。

「ぴぴゅい……」

「よーしよしよし。夜なのに出迎えご苦労様。今日もありがとうね」

首元の白い毛を、わしゃわしゃと撫でてやった。

こまめにブラッシングをしているおかげで毛並みは滑らか。月の光に、仄《ほの》かに滑らかな光沢を帯びていた。

ひとしきり撫でてあげると、フォンは満足して寝床へ戻っていく。フォン専用に作られた、木で組み上げられた小屋だ。

開け放たれた入り口から入ると、わらの上へと座り込む。

手足を折りたたみちょこんと寝床におさまる姿が、遠目にも愛らしかった。

そして前庭を抜け離宮の建物へと入ると、今度はぴよちゃんがやってくる。

「ぴよっぴ！」

魔力補給させてくださーい、とばかりに。

近寄ってくるぴよちゃんを、私はやんわりと押しとどめた。

「ぴよちゃん、着替えてくるからちょっと待っていてね」

今着ているドレスは、陛下の前に参上するための、飾りの多い華やかで上等なドレスだった。

魔力を求めるぴよちゃんにくるまれたら、装飾に羽毛が引っかかってしまうかもしれない。

「わわっ！」

しかしぴよちゃんはお構いなしに、ぐいぐいと近づいてくる。

魔力が大好物のぴよちゃんは、かなりの食いしん坊なのだ。

しばらく押しとどめていると、しゅんとした顔をしてしまった。小さく鳴き一歩引きさがると、きょろきょろと周りを見回している。

「ぴっ！」

「にゃっ？」

廊下を歩くいっちゃんへと近づくぴよちゃん。

ぴぃぴぃぴよぴよと、いっちゃんへ話しかけている。

「なう。ななぅにゃ」

いっちゃんの方も、なにやら相槌《あいづち》を打っているようだ。

猫語とひよこ語。

互いに意味は通じているのだろうか？

わからないけど、身振り手振りも交え会話は成立しているようだ。

「ぴきゅっ！」

しゃがみこんだぴよちゃんの、クリームイエローの羽毛がいっちゃんを包み込んだ。

いっちゃんもまんざらではないようで、ライトグリーンの瞳を細めふわふわの羽毛を堪能《たんのう》している。

微笑ましい二匹の交流を横目に見ながら、私は着替えへと向かったのだった。

◇　◇　◇

服を着替え、ぴよちゃんにくるまれた後。私は、厨房で軽く調理を行っていた。

陛下に今日食べていただいたのと同じ食パンを用意する。

パンに生クリームと苺ジャムを塗って、くるくると端っこから巻いていく。

出来上がった苺ジャムのロールサンドイッチを、いっちゃんへと持っていった。

「にゃにゃっ！」

目を輝かせたいっちゃんが、ロールサンドを両手で持ちくわえている。

もぐもぐと頬っぺたを動かしながら、至福の表情で食べ進めていた。

「うにゃうにゃ……」

食べ終えると、いっちゃんの目がとろんとしてくる。

うつらうつらと、船を漕ぎだしているようだ。

「ふふ、今日も庭師猫達とたくさん動き回って疲れたのかしら？」

今、離宮には、いっちゃんを入れて四十八匹の庭師猫が住み着いている。

少し前、王家の薔薇園の修復作業をきっかけに、続々と庭師猫達がやってきたのだ。

この離宮に一番最初から住んでいたいっちゃんは、他の庭師猫達から頼りにされることも多いらしかった。

「この猫は、意外と面倒見が良いですからね」

ルシアンがいっちゃんを抱き上げた。

いっちゃんへの辛辣《しんらつ》な発言が多いルシアンだけど、なんだかんだ可愛がっている。

猫のかわいさは偉大だもんね。

いっちゃんの方もルシアンをそれなりに信頼していて、抱き上げても逃げ出すことはない。

手を伸ばし頭を撫でると、いっちゃんが喉を鳴らした。

もふもふ、ごろごろ、もふもふ。

かわいいなぁ。

喉を鳴らすいっちゃんは、いつまでも撫でていられそうだ。

猫のごろごろ音は人間の健康にいい。

前世で聞いたその学説は、きっと本当なんだと思えた。

目を細めうっとりと撫でていると、やがて少しずつ喉の音が小さくなっていく。

「おやすみなさい、いっちゃん」

瞳を閉じ、夢の世界へと旅立ったいっちゃんからは。

朝と同じようにふわり、と。

苺の香りが漂っていたのだった。

# 二章　庭師猫のお見合いを主催しましょう

「参加者は全員、ここに集まっているわね？」

目の前に並ぶ参加者達を見渡す。

今日、私は、お見合いを主催することになった。

ただし対象には、人間だけではなく庭師猫達も含まれている。

「みゃうにゃっ！」

「ににゃ？」

「にゃにゃうにゃ！」

庭師猫達はにゃぁにゃあと鳴きながら、人間の参加者を観察している。

お見合いの目的は、庭師猫の飼い主を見つけることだ。

幻獣である庭師猫は好みの植物を自ら育て、収穫し人間に提供することがある。見返りとして、美味しい料理を要求するのだ。

この離宮に庭師猫達が集まっているのも、安全な住処《すみか》と、豊かな食生活を求めてのことだった。

しばらくは庭師猫だけで固まっていたのだが、離宮での生活に慣れ安心し、美味しい料理を食べたいという欲求が大きくなってきたらしい。

今までは、庭師猫達に信頼されていた私一人で、食材を受け取り料理を作っていた。

しかしそれでは、とうてい調理が追い付かなくなってきたので、お見合いを開くことにしたのだ。

参加者が集まっているのを確認すると、事前の説明通りお見合いを開始する。

会場は庭の開けた場所。

テーブルが並べられ、上には水の入ったボウルやまないたに包丁などいくつかの調理器具と、料理でよく使われる野菜と肉が並べられている。

一つのテーブルの前に立つ人間五人につき、庭師猫七、八匹が寄っていく。

既にこの離宮の住人は、人間と獣人を合わせた数より、庭師猫の方が多くなっている。お見合いの参加者数も、庭師猫の方が一・五倍ほどになっていた。

「こんにちは。今日はよろしく頼むよ」

椅子の上で立ち上がった庭師猫へ、ジルバートさんが少し緊張しながら挨拶している。

離宮に働く料理人の全員が、今日のお見合いに参加していた。季節を問わず食材を提供してくれ、時にはこの辺りでは知られていない食材を与えてくれる庭師猫達への興味と期待が、料理人達の間で高まっているのだ。

「みゃあ！」

「にゃうにゃう！」

庭師猫達も今日は積極的に、人間へと近寄っている。

トマトに小麦、カボチャにオレンジ、ほうれん草に大根。

それぞれが育てた食材を手に、盛んにアピールをしている。人間は食材を受け取ると、さっそく軽く調理していく。庭師猫達は料理の好みと人間の性格で、飼い主を選ぶようだ。

「はい。そろそろ時間です。次の組み合わせに移ってください」

声をあげ組み合わせの変更を促す。

庭師猫達が食材を手に、一つ横のテーブルへとずれていく。中にはさっそく出来上がった料理を、もぐもぐと頬張っている庭師猫もいる。温かい料理は出来立てで食べ、冷めても美味しい料理は組み合わせが一巡りした後、皆で食べる予定だった。

「うんうん、順調みたいね」

かぶのベーコン炒《いた》めを口にしつつ見守る。

塩こしょうとバターの加減が絶妙で、かぶの歯ごたえが楽しい。短時間で作れるシンプルな料理ながら、ベーコンのうま味がかぶの淡泊な味わいによく合っていた。

さすが、ジルバートさんが作っただけありとても美味しい。お見合いの主催者権限で、私は気になった料理を食べさせてもらっている。役得なのである。

朝から始まったお見合いは、昼過ぎまで続いていく。

一組ごとの時間が長めのため、時間がかかってしまうのだ。

全員が一巡りしたところで、残った料理を食べていく。

結構量があり、食べきれるかと心配する人もいるけど、心配は無用だった。

「にゃっ！」

「みにゃにゃっ！」

「おお！　いい食べっぷりですね！」

猫達の歓声と、感心したような人間の声。

我先にと、庭師猫達が料理へ手を伸ばしていく。小さな体からは信じられない、結構な大食いなのだった。

「……いっちゃんが、特別食いしんぼうってわけじゃなかったのね」

「にゃっ？」

隣の椅子に座るいっちゃんを撫でてやる。

この離宮の先住猫（？）であり、私に懐いているいっちゃんはお見合いに不参加だった。

私の隣でお見合いを見物しつつ、何皿も料理を食べている。

苺大好き、苺が大本命ないっちゃんだけど、その他の食事も美味しくいけるらしい。

ぽっこりとお腹を膨らませ、背もたれに仰向けに体を預けていた。

「そろそろ次の段階かしら」

あらかた料理が平らげられたため、お見合いを最終段階へと進めていく。

一人一人立つ人間と獣人。

庭師猫が飼い主にと希望する相手の元へ、歩いていく形式だった。

「にゃっ！」

「うにゃっ！」

動き出した庭師猫達の数は四十匹以上。

一目散に、お目当ての相手へと駆け寄っていく。

「うわわっ⁉　わわわっ⁉」

驚きの声をあげるのは、一番人気のジルバートさんだった。

集まってきた庭師猫はざっと十匹ほど。モテにモテ、庭師猫達がおしくらまんじゅうのようになっている。まるで猫団子だった。

「やはり、料理の上手い方が人気なんですね」

お見合いの監督役についていた、ルシアンが傍らで呟く。

「そうみたいね。料理人達も嬉しそうよ」

猫モテ期到来中の料理人達は、目の前にやってきた庭師猫を撫でている。心温まる交流だったけど……ジルバートさんの前は軽く修羅場になっていた。

「なぁぁぁん？」

「うなぉあぁん？」

僕が、私が、いや俺こそがジルバートさんには相応《ふさわ》しい！

そう言わんばかりの庭師猫達が、今にもリアルキャットファイトに突入しようとしている。これからの食生活がかかっているため、皆真剣のようだ。

威嚇し合う猫達に、ジルバートさんがわたわたとしてしまっている。

「待ってくれ！　私のために争わないでくれ！」

「！　あの伝説のセリフね！」

ちょっと感動してしまう。

私のために争わないで！

演劇や創作物の中ではお決まりのセリフを、現実で耳にすることができるなんて。

……争っているのは猫だけどね。

「モテすぎるのも大変よね」

「……同意いたします。本人に自覚が薄い場合は、周りの人間はやきもきしてしまいますね」

ルシアンがこちらを見て頷いている。えらく実感がこもった口ぶりだ。

整った顔の持ち主なので、それなり以上に苦労しているのかもしれない。

猫パンチの殴り合いがガチになりそうなあたりで、私は仲裁へと動いた。

『――――滴れや青の寄る辺！』

「みにゃっ⁉」

「にゃっ⁉」

ばっしゃん、と。

魔術で生み出された水が、争う庭師猫達へと直撃した。

よしよし、周りのテーブルやジルバートさんにはかかってないわね。

コントロールを自画自賛しつつ、びっしょりと濡《ぬ》れた庭師猫達を見下ろす。

「落ち着いて。こういうことにならないよう、お見合いをすることにしたんでしょう？」

これ以上喧嘩《けんか》しないよう、少し強めに言ってやると、庭師猫達がこくこくと頷いた。

初め庭師猫達は、それぞれ自分の飼い主になる人間を探そうとしていたのだ。

しかしそれではトラブルが続出したため、お見合いを開くことになったのだった。

「手は出さないで。話し合いで平和に決めましょうね？」

重ねて言うと、庭師猫達が高速で頷いている。

水をぶっかけられ、さすがに頭が冷えたようだ。


——そしてこの一件以来。

怒らせると怖い相手だと私を認識した庭師猫の一部が、こちらを恐れ敬うようになっていた。

どうしてそうなった、な。

まさかのボス猫認定なのだった。

◇　◇　◇

ジルバートさんは悩んだ末、四匹の庭師猫を選ぶことになった。

九匹全部は難しいため、一匹一匹説得し、五匹には諦めてもらったようだ。

誠実なジルバートさんの対応に、庭師猫達も納得したらしい。他の人間の元へ行く子、ひとまず飼い主探しを諦める子、それぞれいるようだった。

「これでひとまずは、しばらく様子見ね」

お見合いの結果、三十五匹の庭師猫が、飼い主を見つけることができた。上手く信頼関係を深めることができるか、一月ほど経過を見ていくのだ。

私はその間、少し忙しくなりそうだった。

もう間もなく、この王城には、ウィルダム翼皇国の使者がやってくる予定だ。ここのところ陛下が忙しそうにしていたのも、使者を出迎えるための手配や調整のためだった。

「ウィルダム翼皇国とは、あまり良い外交関係にないものね」

ここ数十年ほど、本格的な交戦記録こそなかったが、両国の関係は決して良くない。陛下が舵取りを間違えれば、戦端が開かれる可能性もあった。

だからこそ陛下は、出迎えの準備に力を入れられているようだ。私もお飾りなりに王妃として、陛下の助けになりたいと思う。

お見合い会場の片づけが終了したとの報告を受け、外出の準備をしていく。

これから少し、王城を出て王都へと向かうつもりだ。

目的は、王都にまだまだ潜んでいる、庭師猫の捜索と説得。

庭師猫達に頼まれてのことで、陛下の許可も得ていた。

今離宮に集まっているのは、王都に住む庭師猫のおおよそ半分ほどらしい。残りは人目を避け野良猫……いや、野良庭師猫としてひっそり暮らしているのだ。

「そんな庭師猫達に、美味しい料理と安全な寝床を紹介してあげたい、のよね？」

「にゃっ！」

いっちゃんが頷いている。

離宮の庭師猫の話を聞き、興味を持つ野良庭師猫はそこそこいるらしい。が、実際に離宮にどんな人間が住んでいるかわからないと不安で、二の足を踏んでいるようだった。

そこで私がいっちゃんと一緒に野良庭師猫の元へ赴き、顔を見せ安心させに行くのだ。

離宮の庭師猫を増やすこと、陛下に許可はきちんと取ってある。

忙しくなる前に、一度王都へ庭師猫スカウトに行こうということになったのだ。

飾りの少ない地味なドレスに着替え、茶色のカツラを被れば準備完了だ。

ルシアンと護衛らを連れ王都へと向かう。

馬車を降り、いっちゃんの案内に従い野良の庭師猫を探していく。

地道に探した結果十一匹ほどを発見し、うち六匹が離宮に来ることに同意してくれた。

王都はそれなりに広いので、今日はこのあたりが切り上げ時だ。馬車へと戻り、大通りを王城へと走らせていく。

いっちゃんを撫で座っていると、やにわに外が騒がしくなってきた。

「どうしたのかしら？」

御者席へと問いかける。

「何やら、道の先で騒ぎが起き道が塞がっているようです」

「馬車の事故か何か？」

「いえ、違うようです。あれは……」

御者の声が困惑に滲んだ。

「大きな翼、鳥……いえ、違います、馬です。馬がいます」

「……天馬？」

もしやと思い聞くと、そのようですと答えが返ってくる。

天馬。幻獣の一種であり、姿かたちはわかりやすく翼の生えた馬。前世の伝説の動物、ペガサスとそっくりの外見をしている。

大きさは普通の馬と同程度かやや大きく、人を乗せ飛行することが可能だ。

希少な幻獣であり、この大陸で人を騎乗させることができる天馬を飼っているのは、ウィルダム翼皇国ただ一つ。天馬はかの国の誇りであり、国名に「翼」と入っているくらいだった。

そんな天馬が王都の町中にいて、しかも何やらトラブルになっている。

嫌な予感を覚え、私は馬車を降り様子を見に行くことにした。

前に進むにつれ増える野次馬を、ルシアンが器用にさばき進路を確保してくれる。やがて野次馬の前方にぽっかりと空間が空き、天馬を携えた橙色《だいだいいろ》の髪の男がいるのが見えてきた。

あの青を基調にした軍服は、やはりウィルダム翼皇国のものだ。

翼皇国の軍人は栗毛《くりげ》の天馬を連れ、数名の獣人男性と相対している。

「おいおまえ！　どういうつもりだ!?　なんてことをしてくれたんだよ!!」

叫んだ獣人男性は軍人が逃げられないよう、仲間に進路を塞がせている。

軍人は唇を歪《ゆが》めると、相手を蔑むように口を開いた。

「悪いのは全てそちだろう？　躾《しつ》けのなっていない駄犬の自業自得だ」

「なんだとっ⁉」

ヒートアップしていく獣人男性。

彼らの言い合いと、野次馬の囁《ささや》きを合わせると、事情がぼんやりとだが見えてきた。

どうやら軍人は、大通りに面する店を訪ねるため、天馬を歩かせやってきたようだ。

その天馬へ、獣人男性が連れていた小型犬が吠《ほ》え掛かったらしい。

天馬は、この辺りでは滅多に見かけない幻獣だ。小型犬が警戒し吠えるのも、ある程度は仕方のないことだった。

が、軍人は許容できなかったらしい。

きゃんきゃんと煩《うるさ》い小型犬を黙らせるため、天馬を羽ばたかせ飛ばせ、頭上から見下ろし翼で風を叩きつけたのだという。

驚き怯《おび》えた小型犬が黙り込み諍《いさか》いは終了、とはならず運が悪いことに、小型犬を繋《つな》いでいたリードがちぎれてしまったのだ。

天馬を怖がり、小型犬は勢いよく逃走。

残された獣人男性が、軍人へと怒りを爆発させているようだ。

「おまえがあんな馬鹿なことをしたせいで、あいつは逃げちまったんだぞ⁉」

「恨むならあの駄犬のことを恨め。先に吠え掛かってきたのはあちらだ」

「手ぇ出したのはそっちが先だろうが‼」

「手？　あぁ、翼のことか。頭だけではなく目まで悪かったんだな」

「悪いのはおまえの方だっ‼」

怒鳴る獣人男性を、獣人の野次馬達がそうだそうだぞと支持する。

王都に住まう獣人は犬牙族が多かった。伴獣たる犬を愛する彼らの大部分は、異国の人間であり犬を蔑ろにした軍人を責めているようだ。

「どっちもどっち、だと思いますがね」

ルシアンがこぼした呟きに同意だった。

軍人の対応も良くないが、小型犬の躾けの責任は飼い主にあるし、リードがちぎれてしまったのは手入れを怠ったからかもしれない。

どちらを応援することもできず、ハラハラしながら事態を見守る。

ウィルダム翼皇国の軍人とこの国の住人の間での諍いが大きくなれば、最悪外交問題にまで発展がありうる。

いっそ身分を明かし、この場を仲裁しようかと思ったところで、

「王妃様、やめときな」

するりと耳に飛び込む艶やかな呟き。

背後を振り返ると長身の青年がいた。

　上品に淹れた紅茶を思わせる、ゆるく癖のある赤味がかった茶色の髪。垂れた目じりが甘い緑の瞳を細め、レナードさんが私の背後に立っていた。

　ルシアンも接近に気づかなかったのか、瞳をかすかに見開いている。

「レナードさん、なぜここに……？」

「吟遊詩人は、人々の声ある所に呼び寄せられるものさ。たとえそれが、聞くに堪えない怒声だったとしても、な」

　歌うように語っているが、ようするに野次馬のようだ。

　ぱちりと片目を閉じ、こちらへとウィンクを飛ばしてくるレナードさん。キザな仕草が様になる、美しい男性だった。

「でも、おかげでこうして、美しい君に出会えたんだ。よかったらどうだい、この後一曲、俺の歌を聞いていかないかい？」

「今日は遠慮しておきます」

　以前、王城を出てお忍びでいっちゃんを探していた時、ごろつきから助けてくれたレナードさん。目敏《めざと》く私の変装を見抜いており、その後何度か離宮を訪問してきて、リュートの弾き語りを披露していた。

　しかし今は、レナードさんの歌を聞いている場合ではない。

　野次馬の視線の向かう先、騒動の中心では、いよいよ言い争いが激しくなっている。口喧嘩だけでなく、暴力沙汰に発展してしまいそうだ。

怪我人が出るのはまずい。歯止めが利かなくなるし、死人まで出てしまうかもしれない。

こちらを思い引きとどめてくれたレナードさんには悪いけど、無視することはできなかった。

「おいこの軍人野郎！　俺の話を聞いてんのか⁉」

「馬鹿とは会話が通じないな。これだから、地を這《は》うしか能のない奴らは嫌なんだ。これ以上、おまえ達と会話したところで時間の無駄だな」

ルシアンが野次馬をかきわけ作った道を進む。

軍人が手綱を引き、天馬が羽ばたきを始めた。

巻きあがる風に野次馬達が騒然とし、獣人男性が軍人に掴みかかろうとして、

「うおおっ⁉」

「ひひんっ⁉」

ばっしゃん、という音と共に。

突如虚空から石畳へと降り注いだ大量の水に、人々は驚き天馬はいなないている。

魔術を発動し終えた私は、一歩二歩と前に出た。

自然と、まだ前にいた野次馬達が体を引き道ができる。

かつかつと石畳を鳴らし、私は騒ぎの中心へ足を進めた。

「二人とも、そして天馬も、どうか落ち着いてください」

しんと静まり返った場に私の声が響く。

お見合いでの庭師猫達のキャットファイト阻止に続き、この短期間で二度も、喧嘩の仲裁役に

なるなんてね。

お見合いの時のように、水を魔術で出し驚かせ、強制的にこちらの言葉を聞かせることにしたのだ。その後がめんどくさいけど仕方なかった。

私は覚悟を決めると、当事者の二人へと語りかけていく。

「熱くなるのもわかりますが、まずやるべきことがあるはずです。そちらの獣人の男性は、逃げた愛犬を探すのが先ではないでしょうか？」

「お、おぅ……。それなら、逃げたとこを見てた奴が、探しに行ってくれてるぞ」

歯切れ悪く答える獣人男性。

「そうでしたか。ですがやがはり、飼い主であるあなたも捜索に加わった方がいいと思います。愛犬の性格や逃げ込みそうな場所を知るあなたがいた方が、捜索は速やかに進むはずです」

「……あ、あぁ。そうさせてもらおう」

獣人男性はぎこちなく頷いた。

これ以上、この場で軍人と争っても、面倒なことになると理解できたのかもしれない。

愛犬を探し始めた獣人男性に、軍人が鼻を鳴らした。

「はっ。ちょっと小娘に叱られたぐらいで、尻尾を巻いて逃げ出すんだな」

「なんだとっ!?」

軍人の挑発に乗せられ、再び険悪になる二人。

あぁ、もう。

なんでそんな血の気が多いのよ。

一回の制止で冷静になってくれただけ、庭師猫の方がずっと賢いかもしれない。

ため息をつきたい気分をこらえ、軍人へと視線を向けた。

「言い争いを蒸し返さないでください。これ以上喧嘩を長引かせては、あなたにも利益はないはずです」

「長引かせる？　あんな腰抜けの獣混じりの一匹や二匹、すぐ片付くに決まってるだろう」

「獣混じり、という呼び方はやめてください」

それは獣人への蔑称だ。

案の定というべきか、獣人の野次馬達が拳を握り軍人を睨《にら》みつけている。

「おぉ怖い怖い。すぐに暴力に出る、野蛮な獣混じりどもめ。わかるだろう？　このままじゃ俺は袋叩きだ。正当防衛をさせてもらおう！」

自ら敵対感情を煽っておいて、わざとらしくのたまう軍人。

手綱を引き、天馬にまたがっている。

あそこまで言っておいて逃げるとは思えないし、上空から攻撃を仕掛けようとしているのかもしれない。

「……ごめんなさいね」

まずは謝っておく。

軍人の命令を従順に聞くしかない、天馬に対してのものだ。

謝り、そして私は素早く呪文を唱えた。

『――無形の腕よ！』

天から地へと吹き付ける強風。

風に翼と馬体を押さえつけられ、天馬が慌てて石畳へと着陸する。

「貴様何をするんだ⁉」

馬上から叫ぶ軍人。

今にも切りかかってきそうだ。

私を守るため前に出ようとするルシアンを制し、軍人を見上げ口を開く。

「あなたがたを守るため、魔術を使わせてもらいました」

「ふざけるな‼　どう考えても今のは、俺と天馬が飛ぶのを妨害してだろう⁉」

「そうです。飛び立たないようしていました」

「やっぱり嫌がらせだろうが！」

「違います。あなたもご存じのはずでしょう？」

冷静になればわかるはずだ。

淡々と、私は事実を突きつけていった。

「『翼ある幻獣に乗る者、もしくはなんらかの飛行能力を有する者は、その地の支配者の許可なく、街中で飛行を行ってはいけない』」

この国ではそう定められているし、他の多くの国にも似たような法律があった。

この世界で空を飛べる人間、ないしは獣人は希少な存在だ。

空を飛ばれてしまえば、地上からは容易に手出しできなくなってしまう。だからこそ、飛行能力を有する者が好き勝手にしないよう、様々な決まりが設けられているのだ。

「天馬を駆る騎士であれば皆知っている、ごく初歩的な規則のはずです。当然、あなたもご存じでしょう？　あなたは今日この王都内で天馬を飛ばしていいと、許可を貰《もら》っているのですか？」

「っ……。それはっ……」

言いよどむ軍人。

やはり許可は下りていないようだ。

もうじきに、王都にはウィルダム翼皇国の使者が訪れる予定になっている。が、まだ到着したという話は聞かないし、陛下も王都での飛行許可は出していないはずだ。

目の前の軍人はたぶん、使者の本隊に先んじて王都の様子を見に来た天馬騎士といったところかな？

先発隊がトラブルを起こしていては、元も子もないと思うけどね。

「この場でこれ以上、天馬を本格的に飛ばそうとすれば、あなたには相応の罰が下るはずです。だから私は、飛び立つのを止めようと魔術を使ったんです」

「ぐっ……、このっ……！」

形勢の不利を悟り、黙り込んだ軍人だったけど。

何ごとか思いついたのか、にぃと唇を歪めた。

「はっ！　やはり小娘は馬鹿だな！　天馬騎士が身を守るため、正当防衛のための飛行であれば、罪に問われないのを知らないんだな！」

「知っています」

「知ったかぶりだ！　知らなかったからこそ、浅知恵で俺を脅そうとしたんだろう？」

「事実を告げたまでです。あれのどこが正当防衛だったと言うのですか？　自分から獣人達を罵っておいて、あなたの主張は通じません。目撃者だって、この通りたくさんいますよ」

私が水を向けると、野次馬達が頷きを返してくれる。

非難のまなざしで、軍人を睨みつけていた。

「っ……！　獣混じりと、地を這うしかない人間どもが騒いだところで、それがどうしたと言うんだ？」

語調強く叫びつつも、軍人の顔には焦りが滲んできている。

「警備兵だ！　警備兵がこっちへ向かってるぞ！」

野次馬の誰かの叫びに、軍人はびくりと身を震わせた。

これ以上この場に留まり、警備兵につかまってはマズイと気が付いたらしい。

「くそっ……！　そこの小娘、顔は覚えたからな⁉　せいぜい覚悟していろよ‼」

小物丸出しの捨て台詞を残し、天馬を走らせ逃げていく軍人。進路にいた野次馬達が、悪態をつき道を空けていった。

「お嬢様、どういたします？　あの天馬騎士を捕え、警備兵に突き出しましょうか？」

「そこまではやめておきましょう」

軍人が警備兵に捕らえられたら、いよいよ大事になり外交問題になるかもしれない。

そもそも騒動の発端からして、軍人だけが悪いわけでもなかったし、このまま有耶無耶《うやむや》にした方が賢明に思える。

軍人の方だって、自らの失態を吹聴《ふいちょう》し蒸し返すことはない……はずだと願いたい。

「お騒がせしました」

野次馬達に一礼すると、私は足早にその場を離れた。

追いかけてくる人間がいてもまけるよう、わき道に入り歩いていく。いくつか角を曲がったところで、道沿いの屋根の上からいっちゃんが降りてきた。

「にゃにゃっ！」

けんかの仲裁ご苦労様でした、と言うように鳴くいっちゃん。

野次馬にもみくちゃにされるのを嫌って、屋根の上から眺めていたようだ。

「庭師猫の喧嘩の仲裁より疲れたわ」

私は苦笑しつつ、ちらりと周囲へ視線を走らせた。

「レナードさんの方は、いなくなっているわね」

紅茶色の頭は、近くには見当たらなかった。

レナードさんが私に話しかけているところを、野次馬の数人は見ていたはずだ。

仲裁役として名乗り出た私の知り合いと野次馬達に見なされ、騒動に巻き込まれるのを嫌ったのかもしれない。

「どうやらお嬢様が仲裁役を買って出た後すぐ、あの場から離れていったようです」

ルシアンに耳打ちする、平民の服を着た男性。私のお忍びに付けられた護衛兵の一人で、正体を隠し見守ってくれていたのだ。

彼らは優秀で、今も私の動きを追いつつ、周りに人の少ないところで馬車に合流し乗りこめるよう、御者と連携し馬を走らせてくれている。

「……わかったわ。ありがとう。早めに王城に戻りましょう」

気になることはあるが、他にやるべきことがある。

私はいっちゃんと共に、馬車に合流し乗り込んだのだった。

◇　◇　◇

離宮へと帰った私は、さっそく陛下へと一報を入れた。

先ほどウィルダム翼皇国の軍人は逃げ出したが、あの一件について、自分に都合のいいよう上官に話をする可能性が高かった。

そして上官が、こちらの国へと抗議してくるかもしれない。

杞憂《きゆう》で終わればいいけれど、陸下と情報を共有し、用心しておくに越したことはない。

予想外のトラブルに巻き込まれた翌日。

私はこの件について話がしたいと、陛下に王城へと呼ばれることになった。

「よく来てくれた、レティーシア。昨日の一件だが、逃げた犬の飼い主からこちらへ連絡があった」

手短な挨拶の後、時間を惜しむようにすぐさま本題を切り出す陛下。

予想外のお言葉を受け、私は素早く思考を巡らせた。

ただの平民が、この短期間で陛下に連絡を取るのは不可能のはずだ。

「昨日、小型犬に逃げられた獣人の男性は、服装や振る舞いからして平民のように見えましたが……。彼は飼い主ではなかった、ということでしょうか？」

この国では、犬の散歩を主人に代わり行う仕事があった。

伴獣である愛犬を大切にする獣人だが、自分で全ての世話を行うのが難しい人もいる。

そんな人達は、金銭を払い愛犬を預け散歩を代行してもらっていた。世間一般に認められた、そこまで珍しくもない行為なのだ。

王城の敷地内で働くエドガー達狼番だって、それと似たようなものだった。

狼達の正式な飼い主は王族、すなわち陛下なのである。

狼番は多忙な陛下に代わって、狼の面倒をみる仕事なのだ。

「当たりだ。おまえが会った獣人の男性は、ニーディア伯爵家の夫人から、愛犬の散歩を任されていたようだ」

ニーディア伯爵家は、それなりの影響力を持つ家だ。成立は、ヴォルフヴァルト王国が今の形になるずっと前まで遡《さかのぼ》れる。

ヴォルフヴァルト王国は、五つの小国が集まり百年ほど前にできた国だ。ニーディア伯爵家は小国のうち中央の一国で、数百年前に伯爵家として認められている。長い歴史を持ち、下手な公爵家や侯爵家より強い影響力を持っていた。

そんなニーディア伯爵家であれば、陛下に連絡をとることも可能のようだ。

「ニーディア伯爵夫人は確か、かなりの愛犬家ですわよね？　溺愛《できあい》と言っていいほど、伴獣である犬を可愛がっていると人づてに聞いていますわ」

「噂《うわさ》は本当だ。獣人は伴獣を家族同然に扱うが、獣人の中でもニーディア伯爵夫人の愛犬家っぷりはかなりのものだ」

「なるほど。だとしたら少し、厄介なことになりそうですね」

愛犬の逃走を嘆いたニーディア伯爵夫人は、元凶である人物に激怒するに違いない。

前世で柴犬のジローを可愛がっていた私には、その気持ちがよくわかった。

「ニーディア伯爵夫人の怒りはかなりのもののようだ。もしこのまま愛犬が死んだり見つからなかったりした時は、ウィルダム翼皇国の天馬騎士を許さないと言っている」

「……外交問題になりますわね」

陛下が無言で頷く。

頭の痛い問題だった。

「十日間。それがニーディア伯爵夫人が待つ時間だ。それまでに愛犬が無事に戻ってこなければ、正式にウィルダム翼皇国に抗議し賠償を求めるつもりのようだ」

「十日間、ですか。急がなくては――」

私の言葉の途中、謁見の間の扉が鳴らされた。

珍しい。

よほどのことがなければ、謁見中にノックがされることはないはずだ。

「入れ。何ごとだ？」

陛下の許可が出た途端、文官が入室してきた。

「ウィルダム翼皇国です。あちらの使者がやってきて、陛下に謁見を求めています」

「予定より早いな。王城に到着するのは二日後になると聞いている」

「なにやらすぐに、陛下に申し上げたい事柄があるそうです」

「……わかった。出迎えよう」

ちらとこちらを見る陛下に、私は小さく頷いた。

「ちょうどいい。レティーシアもいるからな」

「承知いたしました。陛下と王妃であるレティーシア様。お二人が出迎えれば、向こうも文句はつけられないですものね」

文官が納得すると、さっそく謁見の手配をしていったのだった。

◇　◇　◇

間もなく、ウィルダム翼皇国の使者が謁見の間へとやってきた。

人数はざっと十名ほど。中には予想通りと言うべきか、昨日王都で天馬を飛ばそうとしていた高慢な軍人もいた。

使者達の先頭に立つのは美しい黒髪の青年だ。

年齢は私と同じか、一、二歳上のように見える。

艶やかな黒髪に切れ長のカッパーの瞳、すっと通った高い鼻筋。鋭くも気品を感じさせる、美しい顔立ちをしている。よく磨き上げられた、優美な剣を思わせる容姿だった。

青年は金糸銀糸で刺繍《ししゅう》の施されたジェストコールの上に、黒のマントを羽織っている。華やかで豪奢《ごうしゃ》な服装は、青年が使者のトップであり王族であることを示していた。

「貴殿が、ウィルダム翼皇国の皇太子エルネスト殿だな？　どうやらずいぶんと、私への謁見を急いでいたようだな」

陛下の横に立ち、私はエルネスト殿下を観察した。氷の美貌の陛下にも臆することなく、鋭い笑みを浮かべているようだ。

「そうだ。俺が皇太子エルネストであり、今回の使者団の責任者を務めている人間だ。昨日、使者団の騎士が貴国の人間に害されそうになったと聞き、抗議をするためにやってきた」

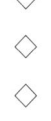

「我が国の人間が危害を？」

陛下の問いかけに、昨日天馬に乗っていた軍人が進み出た。

「被害を受けたのは私、テオドール・マクシュミリスです。先遣隊として王都を歩いていたところ、住人に犬をけしかけられ怒鳴られ、暴力を振るわれました」

いけしゃあしゃあと軍人、テオドールがのたまった。

不都合な事実は伏せ、さも自分が、純粋な被害者であるかのよう振る舞っている。

「暴力を？　おまえには、怪我《けが》はどこにも見受けられないが？」

「日ごろの鍛錬のおかげで、直接攻撃を受けることは避けられました。地にしがみつくしか能がない人間と違い、私は天馬騎士ですから」

被害者を演じながらも、テオドールの高慢さは健在だった。一国の王である陛下を前にしても、言葉の節々に傲慢《ごうまん》さが滲みだしている。

天馬を駆る騎士達は物理的に、そして精神的にも、他の人間を見下すことが多いらしい。

目の前のテオドールはどうも、その典型例のようだった。

「更には、天馬騎士である私に対し、魔術による水で攻撃を加えようとした小娘もいました」

その小娘は私です。

お忍び中は茶色のカツラを被りヴェール付きの帽子を被っていたので、顔を合わせても同一人物だと気づかれていないようだ。

「小娘の魔術は付け焼刃のようで狙いが甘く、こちらに直撃することこそありませんでしたが、攻撃を向けられたことに変わりはありません。貴国にはあの小娘と犬の飼い主へと、しかるべき罰を与える義務がある」

「……その小娘を、探し出せというのだな？」

陛下が問いかけると、テオドールは小さく鼻を鳴らした。

「最低でもあの小娘には、数年の投獄と罰金が必要です。貴国の体面を慮《おもんぱか》って、極刑までは望まないでおきましょう」

「ずいぶんと自分勝手な言い分ですね」

品を損なわない範囲で、皮肉気な苦笑を浮かべてみせた。

テオドールは癇《かん》に障ったのか、眉をひそめているようだ。

「貴女様があのお飾りの……。いえ失礼、黄昏《たそがれ》の王国より嫁いでらっしゃった王妃様ですね」

途中でわざとらしく声を詰まらせるテオドール。

が、その後に続いた言葉も、決していい意味のものではなかった。

黄昏の王国。

最盛期より千年以上が過ぎ、領土と権勢を削られていく一方の私の祖国、エルトリア王国に付けられた不名誉なあだ名だ。

テオドールは私のことをお飾りの王妃と見下し、ろくに敬う気はないようだった。

「王妃様にはおわかりにならないかもしれませんが、治安を保つために、罪には相応の罰が必要なのですよ」

「相応の罰？　人々を冷静にさせるために、誰もいない石畳へと魔術で水を降らせた相手に、どんな罰を求めるというのですか？」

「私に水が直撃しなかったのはただの偶然です。小娘の魔術の腕が悪く、狙いを外しただけですよ」

「……そうですか。魔術の腕が悪かったせいですか」

「っ⁉」

私が浮かべた、お父様譲りの威圧感たっぷりの笑顔に、テオドールが硬直している。

「ちょうどいいですわ。そのまま動かないでくださいね？」

警告し、素早く呪文を唱える。

ばしゃん。

テオドールのすぐ横へ、一塊の水が落ち滴を跳ねさせた。

「なっ⁉　いきなり何をするんだ⁉」

驚きわめくテオドールへと、私は冷めた瞳を向けた。

「魔術の腕を疑われたので、実践してみせただけです」

「何をわけのわからないことを！　いきなり嫌がら、せ、を……」

軍人が唇を震わせ、じっと私の顔を凝視している。

「昨日の、小娘……？」

「そうです。私が昨日の小娘ですわ」

「なっ……！」

ようやく気づいたらしきテオドールが、はくはくと口を開け閉めしている。

「そんなことっ……」

「まだ信じられませんか？　でしたら風の魔術も、この場で使って見せましょうか？」

「……っ」

テオドールは昨日私が使った魔術のうち、水しかこの場で説明していなかった。

なのに私が風の魔術についても言及したことで、いよいよ私が、昨日の小娘だと認めざるを得なくなったようだ。

「テオドール、あなたは自分に都合のいいように事実を捻《ね》じ曲げています。あなたは小型犬を脅すため、街中では禁じられている天馬の飛行を行わせたでしょう？」

「あ、れはっ……！　先に小型犬が吠え掛かってきたからで……！」

「小型犬はリードに繋がれていました。にも拘《かかわ》らず、禁じられている天馬の飛行までして驚かすのはやりすぎです」

「で、ですがっ……」

「しかもその後、仲裁を試みた私をあざ笑うように、獣人を『獣混じり』と罵り煽り、またもや天馬を飛ばそうとしたでしょう？　一連の流れについては、何人も目撃者がいますわ」

「っ……」

言い返せず黙り込むテオドール。

しかし非を認め謝る気はないようで、目元を歪ませこちらを睨みつけている。

「テオドール、おまえは下がっておけ」

冷ややかな表情でエルネスト殿下が告げ、皮肉をまぶした笑みを私へと向けてきた。

「テオドールが驚くのも当然だ。まさか王妃のおまえが、ただの小娘と間違えられる姿で街を歩いていたとはな」

「お褒めにあずかりありがとうございます」

にこやかに笑みを作り言葉を返してやる。

「耳が悪いのか？」

「それだけ、お忍び中の私の変装が上手かったということでしょう？」

「王妃としての気品が足りていなかっただけじゃないか？」

「気品とは何かを真に理解しているからこそ、余人には簡単に正体がわからぬよう、気品を抑え変装することができただけですわ」

まぁ実際は、小市民だった前世の立ち振る舞いを思い出して、平民になりきる演技と変装に役立てていたわけだけど。

真実を教える義理もないので、それらしいことを言い返しておいた。

ただでさえ、テオドールらには舐《な》められているのだ。これ以上下に見られないよう、舌戦で負けるわけにはいかなかった。

揺らがずエルネスト殿下を見ていると、カッパーの瞳が細められる。

「ずいぶんと、よく動く舌を持っているようだな。まぁいい。おまえが昨日の騒動の当事者の一人であることは認めるとしよう。だが、目撃者の証言については当てにならないな。テオドールはこの国の人間ではない。騒動の野次馬達が自国の住人を庇《かば》うため、テオドールに不利な証言をしているかもしれないだろう？」

そう言われては否定するのは難しかった。

見た見なかった、聞いた聞かなかったの水掛け論になってしまう。

「確かにそうかもしれません。ですが、それはそちらも同じことでしょう？　テオドールは自分の罪を誤魔化すため、都合のいいことだけを言っているかもしれず、証言の信憑性《しんぴょうせい》は怪しいですわ」

つまり、どっちもどっちだった。

エルネスト殿下もそれがわかっているのか反論しなかったが、テオドールは相変わらず、こちらを憎々しげに見ている。

彼にとって、私が小娘呼ばわりしていた相手の正体だったのは完全に誤算だ。

テオドールはウィルダム翼皇国の名家、三翼家と呼ばれるうちの一つ、マクシュミリス公爵家の出身だった。

公爵家の出のテオドールの主張と、平民である野次馬達の証言。

両者の言い分が対立した時、自分が優先されるだろうと、テオドールはそろばんを弾《はじ》いていたはずだ。

しかしその目論見《もくろみ》は、あの場にいあわせた小娘が、王妃である私だったことで潰《つい》えてしまった。

テオドールは完全に私のことを、逆恨みしてしまったようだ。

向けられる恨みがましい視線を無視していると、陛下が口を開いた。

「テオドール、他に言いたいことはあるのか？　もちろん、おまえの証言だけではなく、確たる証拠が伴っている事柄に限るが」

「……ありません」

苦虫を噛み潰したようなテオドールから、エルネスト殿下へと陛下は視線を向けた。

「皇太子であり使者団の頭である貴殿も、我が国との関係を悪化させることは望んでいないはずだろう？」

「そちらが引くというなら、こちらも深追いしないでおこう」

言い方こそ相変わらずの上から目線だが、エルネスト殿下もこの件について引っ張るつもりはないようだ。

まだ不満げなテオドールへ鋭い一瞥《いちべつ》を向け抑えると、陛下へと向き直った。

「今回の訪問は、両国の親交を深めるためのものだ。だからこそ我が国の誇る、天馬騎士を十人以上連れてきてやった。空を制す我らの勇姿を、貴国に存分に教えてやるつもりだ。そこの王妃ともども、楽しみに待っていろ」

まるで宣戦を布告するように。

自信たっぷりに挑むように、宣言したエルネスト殿下なのだった。

◇　◇　◇

エルネスト殿下が謁見の間を出ていった後。

私もその場から、近くにある小部屋へと移っていた。

急なエルネスト殿下の訪問を受け、陛下は今後のスケジュール調整をはじめ、各所への指示を出しにいっている。

陛下がひとまずの指示を終え戻ってくるまで、私はここで待っているつもりだ。

「気に食わない皇太子達でしたね」

人目がなくなり、ルシアンが素直な感想をこぼしていた。

「主も主なら配下も配下です。あのテオドールという天馬騎士、レティーシア様を侮るだけでなく、小娘呼ばわりしあざ笑うなど言語道断です」

テオドールに対し、だいぶ腹に据えかねていたらしい。

「騎士どころか人として失格、ありていに言って虫けら以下、チリやホコリも同然です。天馬の羽ばたきは、乗り手の知性まで吹き飛ばしてしまうものかもしれませんね」

「あの人みたいなのが、標準的な天馬騎士ではないはずよ。たぶん」

下町時代の名残で、毒舌を発揮するルシアンに苦笑する。

基本冷静沈着、とても優秀な従者なのだけど、私への対応が悪い相手に対しては、当たりが強くなりやすいのだった。

「本当にそうでしょうか？　エルネスト殿下も皇太子であると同時に、自ら天馬を駆る騎士であるのでしょう？　二人を見ていると、天馬騎士は無駄に誇りばかり高い人間の集まりに思えてなりませんよ」

「うーん、テオドールはともかく、エルネスト殿下は終始上から目線ではあったけど、そこまで悪い人間でもないような？　私への態度がきつめだったの、部下であるテオドールを庇うためなのもあったと思うのよね」

いい思いはしなかったけど、まぁ理解できなくはない範囲だ。

偉そうなだけで、ある程度話が通じるだけマシだった。

比較対象はぶっちゃけ、同じく王族であり私の元婚約者であるフリッツ殿下だ。

一方的に婚約破棄を叩きつけてきたフリッツ殿下と比べれば、それなりに常識を知っているらしいエルネスト殿下はまだ良い。

好きにはなれないにしても、ほどほどに会話はできそうならそれで十分だ。

そう思いしばらくルシアンと話していると、殿下が小部屋へとやってきた。

エルネスト殿下の襲来で中断した話を続けるためだ。

「すまない、待たせたな」

「いえ、陛下こそお疲れ様です」

陛下を労《ねぎら》い、ニーディア伯爵夫人の件について情報を聞いていく。

「先ほども言ったが、ニーディア伯爵夫人が待つのは十日間が限界だそうだ。それまでにどうにかして、伯爵夫人の愛犬を見つけなければならない」

「愛犬の逃げていった場所に、心当たりはないのでしょうか？」

「自宅や周辺を含め、愛犬の行きそうなところは探し終わった後らしい」

そうなると、捜索範囲はぐっと広くなってしまう。

陛下も心なし、浮かない表情をしている。

「幸いにしてまだ、愛犬らしき遺体は見つかっていないから、生きていると思いたいところだが……。小型犬は白の毛の、猫と同じほどの大きさをしているようだ。狭い場所に隠れられては、見つけるのは難しくなってくる」

「なるほど……」

指先を顎に置き考える。

上手くいくかはわからないけど、私には小型犬探しに協力できそうなことがあった。

「陛下、私に一つ、お手伝いしたいことがございます」

思いついた案について、私は陛下に説明していったのだった。

ニーディア伯爵夫人の愛犬の件でしこりはできたが、エルネスト殿下達がこの国にとって、賓客であることは変わりなかった。

多忙な陛下に代わり、王妃である私はエルネスト殿下の対応の一部を任されている。

初対面から三日後、私はエルネスト殿下を離宮でもてなすことになった。

夏の日差しに映える、若草色のドレスをまとい訪問を待つことにする。

「来ましたね」

ルシアンが上空を見上げ呟く。

王城の敷地を囲む城壁の向こう側から、天馬が羽ばたきやってくる。

今日はきちんと飛行許可を取っている、エルネスト殿下達一団だ。

「綺麗……」

つい見とれてしまった。

陽光を浴び輝くたてがみ、力強く羽ばたく大きな翼。

長い四肢で時折宙を蹴るようにして、天馬達が編隊を組み空を駆けてくる。

栗毛に葦毛《あしげ》、黒鹿毛に白毛など、様々な毛色が天馬にはいるようだ。

一糸乱れぬ飛行編隊が、見上げる人間達の視線を奪っていた。

「先頭の白い天馬がエルネスト殿下ね」

白馬の王子様、ならぬ天馬に乗った王子様だ。

マントをたなびかせ、危なげなく天馬を乗りこなしている。

エルネスト殿下は手綱を引くと、高度を下げ離宮の前庭へと着陸した。

「王妃にしては、質素な離宮に住んでいるんだな」

ひらりと天馬から降り、歩いてくるエルネスト殿下。

離宮の主人として、私は一礼をした。

「ようこそ、エルネスト殿下。派手さこそありませんが、温かく過ごしやすい離宮ですわ。今日は離宮の住人一同、心を籠め殿下を歓待したいと思います」

「ほどほどに期待しておこう。せいぜい俺を満足させてみろ」

エルネスト殿下は言うと、騎士達を連れ天馬をつなぎに行った。よく訓練されている天馬は、馬と同じようにして厩舎《きゅうしゃ》に入れておけば、飛んで逃げ出すことは滅多にないらしい。

離宮の一番広い部屋、大食堂へとエルネスト殿下らを導き、歓待の料理を出していく。

ジルバートさん達が腕によりをかけた料理だ。

生まれ育った国が違うとはいえ、通じる美味しさはあると思いたい。

「────悪くはなかったな」

メインの料理を胃に収め、吐息をこぼすエルネスト殿下。

ごく控えめな褒め方だが、ローストビーフがお気に入りだったようで、早口で美味しそうにた

いらげていた。

滲む嬉しさを隠そうとはしないあたり、意外と素直な性格なのかもしれない。

「こちらが、デザートのシフォンケーキになります」

「ほぅ、これが噂に聞くシフォンケーキか」

カトラリーを操り、綺麗に一口大に切り分けるエルネスト殿下。

物言いは横柄だけど、さすが皇太子だけあり所作はとても綺麗だった。

配下の天馬騎士達も、この手の会食でのテーブルマナーは完璧なようだ。

天馬に乗ることができるのは、ウィルダム翼皇国の人間でもごく一握りだけ。粒ぞろいのエリートだった。皆プライドは高そうだが、それに相応しいだけの実力や振る舞いは身に着いているらしい。

上品にフォークを動かす彼らにも、おおむねシフォンケーキは好評のようだ。

美味しく食べてもらえ嬉しく思っていると、

「信じられないな。こんな菓子が、本当に噂になるほど美味いとはとても思えないぞ」

棘《とげ》のある言葉が聞こえた。

私を小娘呼ばわりして馬鹿にしていた天馬騎士、テオドールの発言だ。

「王妃様が作った菓子だから、皆して美味しい美味しいって、口を揃えてありがたがってるだけじゃないのか？」

「っ……！」

私の背後に控える、ジルバートさんの気配がざわつく。テオドールへと反論するのを我慢しているようだった。

料理が口に合わないのは仕方ない。

仕方ないが、こういった場で周りに聞こえる声でけなすのはマナー違反だ。

会食の参加者達には事前に、食べられない食材や苦手な料理がないか聞いている。

テオドールがケーキの類や、甘いものが苦手だとは聞かされていない。今の発言は、私への嫌味のようだった。

「テオドール、言葉を選べ。どうしても食べられないというなら、代わりにシフォンケーキは天馬に食べさせてやるといい」

さすがに見過ごせないと思ったのか、エルネスト殿下から注意が入った。

……ちなみに。

『そんな料理は犬にでも食らわせておけ！』

という罵倒の言い回しもあるが、エルネスト殿下にシフォンケーキを貶《けな》す意図はない。むしろ褒めていると言っていい。

ウィルダム翼皇国の人間は、国の誇りである天馬をそれはもう大切にしている。

当然、天馬に食べさせるものにもこだわりにこだわっているため、

「天馬に食べさせてやるといい」

とは、そんな大切な天馬に食べさせてもいい、むしろ食べさせたいほど美味しい料理という誉《ほ》

め言葉になるのだ。

似たような言い回しでも丸きり意味が違ってくるあたり、文化の違いは大きいと実感した。

「……わかりましたよ」

テオドールは不服そうにしながらも、エルネスト殿下に逆らうことはできないようだ。

初対面時、テオドールを庇うようにしていたエルネスト殿下だけど、明らかにテオドールに非がある時は対応するらしい。

冷え込んだ空気を払うように、エルネスト殿下が口を開いた。

「料理によるもてなし、確かに受け取ったぞ。次はこちらが、おまえ達の目を楽しませてやることにしよう」

◇◇◇

離宮の外へ出ると、エルネスト殿下達が厩舎へと向かっていく。

もてなしのお返しとは、天馬騎士による空中演舞のようだ。

天馬にまたがり命綱をつけ、勢いよく宙へと駆けあがっていく。

「わぁ……！　すごいです……！」

ちょうど仕事の休憩中で見物していた、レレナから感激の声が上がった。

青空を背景に、翼をはためかせ駆け回る天馬達の一団。

時に低く飛び次いで高く飛び、自由に飛び回っている。

レレナは右へ左へツインテールと猫耳を揺らし興奮しながら、天馬の飛ぶ軌跡を追いかけている。珍しく子供らしくはしゃぐ姿に微笑ましくなった。

「これは壮観ですね」

レレナの隣で、画家のヘイルートさんも賞賛の言葉を口にしている。

手元には紙と木炭。画家らしく、素早く天馬をスケッチしていた。

「お、今度は左旋回ですね」

くるりと円を描くように、天馬達が旋回している。

先頭で率いるのは、隊長であるエルネスト殿下の乗る白の天馬。

皇太子だから隊長、というわけではないようで、天馬騎士達の中でも、エルネスト殿下が一番技量が高いように感じられた。

滑らかな軌跡で旋回する姿は、人馬一体といった言葉を体現している。

飛行ショーが続き見上げる首が痛くなり始めたころ、天馬達は地上へと帰還してきた。

「どうだ？　初めて見る天馬騎士の舞は？」

「とてもお見事でした。感謝いたしますわ」

賞賛の言葉を伝えた。

前世の記憶があり、飛行機の曲芸飛行を知っている私でも、文句なしに素晴らしいと感じた空中演舞だった。

飛行機など知らないレレナは、私より更に感動したに違いない。

ぱちぱちぱち、と。

惜しみない拍手を天馬騎士達へと贈っていた。

「ふっ、当たり前だろう？　我が国の天馬は世界一だからな」

素直に称賛を受け取り、胸を張るエルネスト殿下。

誇らしげな笑みが浮かび鋭さが和らぎ、少年のような印象を与えた。

エルネスト殿下は上機嫌で、愛馬の首を撫でているようだ。

「いいぞいいぞ。もっと褒め称えるがい――――」

「ちょっとあなた達っ！」

イライラとした女性の叫び声。

前庭の向こう、離宮の門のある方向だ。

クリーム色の垂れた犬耳を持つ、ふくよかな体系の中年獣人女性。門番の制止にも拘らずこちらへやってくる。服装からして貴族、それもそれなり以上に家格が上の家の人間だ。武器の類が見当たらないこともあり門番も手を出しかね、獣人女性に引きずられるようにして侵入を許していた。

「あなた達ね⁉　あなた達が、私のジョゼちゃんに酷いことした天馬騎士ねっ⁉」

顔を赤くしやってくる獣人女性は、ニーディア伯爵夫人のようだ。

先日行方不明になった小型犬・ジョゼのことで怒り狂っていた。

「何してるのよあなた達っ!?　のん気に空を飛んでる暇があるなら、今すぐジョゼちゃんを探しに行きなさいよっ！」

どうやらニーディア伯爵夫人は、上空を舞う天馬達を目印に当たりをつけ、この離宮に突撃してきたらしい。

愛犬ジョゼの行方不明の元凶がここにいるだろうと考え、居てもたってもいられなくなったようだ。

「ニーディア伯爵夫人、お気持ちはわかりますが、どうか落ち着いてください」

「何よっ！　レティーシア様は私より、同じ人間であるあちらの味方をするのね!?」

「そういうわけではありませんわ」

下手に刺激しないよう、落ち着いた口調を心掛け語りかける。

ニーディア伯爵夫人は犬牙族という種族の獣人だ。

獣人の中では、人間に対し好意的な者が多い犬牙族。

しかし、ニーディア伯爵夫人は完全に頭に血が上っていて、私も邪魔者に見えているらしい。

どうにか宥《なだ》めようとしていると、冷たい笑い声が聞こえた。

「はっ、駄犬一匹に、大層ご執心のものだな」

「なんですって!?」

ニーディア伯爵夫人が、更に眉を吊り上げている。

予想通りというべきか、冷笑をこぼしたのはテオドールだった。

「駄犬⁉　あなた今、ジョゼちゃんのことを駄犬と呼んだわね⁉」

「駄犬を駄犬と言って何が悪い？　俺の天馬に無駄吠えして、少し驚かしたら尻尾を巻いて逃げた弱虫犬だろうが」

「何よっ⁉　あんたがジョゼちゃんを怖がらせた天馬騎士なの⁉」

まずい。

このままだと本格的に、二人の喧嘩沙汰に発展してしまいそうだ。

困惑する門番達に指示を出し、二人を引き離してもらった。

「落ち着いて、伯爵夫人。どうか落ち着いてください」

「やめなさい離しなさいよ！　あいつのせいでジョゼちゃんがっ……！」

「はっ、できるものならやってみろ。おまえの短い手で、俺に届くとでも思っているのか？」

「テオドール、それ以上はやめろ」

いさめるエルネスト殿下の声。

しかしテオドールに制止は届かず、ニーディア伯爵夫人をせせら笑っている。

「そんなに文句があるなら、決闘で決着をつけるか？」

テオドールが空を指し示した。

「空を駆け、どちらが先に目印を周り開始点に戻ってこられるかで競うのだが……。あぁ、失礼なことを言ってしまったな。地を這う獣まじりでは、空を飛べるわけがない。決闘代理人のあてても、どうせないだ――」

鼻で笑うテオドール。

「でたらめを言うな。グリフォンが、背中に人間を乗せ飛ぶわけがないだろう」

「私はこのグリフォンに乗るわ」

出て、気持ちよさそうに翼を広げていた。

天馬達を怖がらせないため、フォンには小屋から出ないよう頼んでいたのだ。広々とした外へ
鋭い猛禽《もうきん》の瞳と嘴に、数匹の天馬が体をぶるりと震わす。

名前を呼ぶと、私の忠実なグリフォンであるフォンがすぐさま小屋から飛んできた。

「フォン！」

ここらへんで一度、がつんとやっておいた方がいい。

いい加減、テオドールの言動にはストレスがたまっていたのだ。

上等だ。

決闘？

テオドールへと冷ややかに言い返す。

「失礼なことを言わないで。私はごく正気よ」

「王妃様が、どうやって空を飛ぶっていうんだ？　ついにご乱心されたか？」

予想外の展開のようで、周囲が水を打ったように静まり返った。

テオドールの嘲笑《ちょうしょう》を遮って言い切り宣言する。

「私が代理で飛ぶわ」

いちいち腹が立つ笑い方だった。

「ご心配なく。何度か実際に、フォンに乗り空を飛んだことがあるわ」

フォンに乗るために練習し飛行許可を得て、専用の鞍と手綱、命綱一式を用意させていた。

私の意を先回りしたルシアンが、鞍を持ってきてフォンへと装着してくれている。

テオドールも、私の言葉がただの出まかせではないと気がついたようだ。

「もう一度聞こう。正気か？　もし、王妃様がグリフォンから落ちても、俺は責任なんか取らないからな？」

「こちらこそ、ご心配なくと言ったでしょう？　空を駆け目印を回り、開始点へと戻ってくる。他に何か、ルールはあるのかしら？」

鞍《くら》と手綱の具合を確認し、腰にベルトを巻き命綱を装着した。

「わかった。この決闘、俺が見届けてやろう」

エルネスト殿下が名乗りを上げてくれた。

彼と、そしてこちら側からはルシアンが、審判役になることに決定した。

「天馬騎士を一人、少し離れた場所まで飛ばし空中へ待機させ目印にさせよう。目印を回って折り返し、先に開始地点に戻ってきた方が勝ちだ」

エルネスト殿下の指示を受け、天馬騎士隊の副隊長が飛び立っていく。

『空中の天馬が、一か所に留まり続けるのはとても難しいんだ。だからこそ、天馬同士の決闘の際の空中での目印役には、力量のある天馬騎士が選ばれるんだよ』

幼い頃、クロードお兄様に読み聞かせてもらった書物の内容が頭に蘇る。

クロードお兄様、お元気かしら？

妹は今、驚きそして興奮していますよ。

まさか自分が、天馬騎士流の決闘を行うことになるなんて、人生予想できないことばかりだと実感中だ。

命綱の最終確認を行い、伏せの体勢をとるフォンへとまたがる。

テオドールも自信満々に、こちらへの見下しを隠しもせず葦毛の天馬へと騎乗した。

「開始の号令と共に、知を蹴り空へと飛び立て。目印を回り戻ってきた後は、地上へと降りずそのまま開始地点を駆け抜けろ。今回は双方怪我をしないよう、天馬とグリフォンの体を相手にぶつけたり、進路を妨害するのは禁止とする。敗者は勝者に謝罪し、ニーディア伯爵夫人の飼い犬の件について、勝者の指示に全面的に従うことになる。……何か他に、わからないことはあるか？」

右腕をまっすぐもちあげる、エルネスト殿下へと頷く。

「準備完了。いつでも飛べるわ」

「俺もだ」

目印の天馬騎士を見据え、フォンの手綱を握る。

軽い緊張と共に、腕をあげるエルネスト殿下の開始の合図を持つ。

「────始めっ！」

右腕が振り下ろされ。
ぐん、と。
地を蹴る衝撃と共に、フォンの体が浮かび上がった。
振動と翼が風を叩く音。
見る見るうちに、私は上空へと運ばれていた。
「早いっ⁉」
後ろからテオドールの叫びが聞こえた。
気が付けばそれなりの差が、テオドールとの間についている。
スタートダッシュはこちらの勝利のようだ。
ごうごうと耳元で風が鳴る。
フォンと共に宙を一直線に飛んでいく。
テオドールとの間隔は変わらずか、縮んでいるとしても少しずつのはず。
目印の天馬騎士を通り過ぎUターン。
さすがにターンは本職であるテオドールの方が上手で、一気に間隔が縮んだ。
それでも、このままのペースなら逃げ切れるは――――
「きゃっ⁉」
突如フォンが右へと曲がった。
必死にバランスを取り見ると、つい今まで私とフォンがいた位置にテオドールがいる。

天馬を急加速させたせこちらへと突っ込んできたのを、フォンが察知し避けてくれたのだ。

「体当たりは禁止でしょう⁉」

叫ぶも、テオドールが振り返る様子はない。

頭にきた。

だとしたらこちらも、本気でやらせてもらおう。

「フォン、行くよ！」

「きゅあっ！」

応えるよう鳴くフォン。

素早く体内の魔力を集め、指先から放ち魔術を行使する。

「なっ⁉」

急加速するフォン、狼狽《ろうばい》するテオドールの声。

フォンはあっという間にテオドールに並ぶと、猛烈なスピードで追い抜いていった。

加速のからくりは魔術による風の後押し。

以前、フォンに乗り空を飛んだ時、試してみたら成功していたのだ。

フォンの体に負担を駆けないよう、風の強さは調整しているが、それでもかなりの加速性能のだった。

「勝負ありだ！」

勢いのまま、開始地点で叫ぶエルネスト殿下の頭上を通過する。

減速をかけつつUターンして見ると、ようやくテオドールが開始地点に到着したところだった。

「ふふ、私の完全勝利ね！」

勝利宣言をしVサイン。

テンション上がるね。

レースの興奮で脳内に、アドレナリンがどばどばと出ている気がした。

フォンを着陸させ地上へと降りたところで、

「おい、今のはいったいどういうことだ!?」

エルネスト殿下が近づいてきた。

声に私を咎める色はなく、むしろ感嘆の気配がある。

「あれほどの速度で飛ぶ人間は初めて見た。魔術を使い加速したんだな？」

「はい。魔術で風を――――」

「あんなのインチキだっ！」

テオドールが怒り叫び声をあげていた。

「魔術を使うなんて、一言も言っていなかったろうが卑怯《ひきょう》だぞ!!」

「使わないとも言ってないわ。ルール違反をしたのは、体当たりをしかけてきたあなたの方でしょう？」

瞳を眇《すが》め睨みを利かせておく。

テオドールは一旦怯みつつも、こちらへ掴みかかってこようとした。

「ふざけるな！　今の勝負はむこ、うっ、なっ⁉」

テオドールの喉元に白刃が突き付けられている。

エルネスト殿下の握る長剣だ。

カッパーの瞳には、憤怒の影がちらついてる。

「テオドール、今日この時をもって、おまえを天馬騎士から解任する」

「なっ⁉　どうして俺がっ⁉」

愕然《がくぜん》とするテオドール。

エルネスト殿下は動じることなく、静かに長剣を構え続けていた。

「これ以上、我が国の恥を晒してくれるな。おまえがレティーシアとグリフォンに体当たりを仕掛けた瞬間を、多くの人間が目撃している」

「あ、れは……。事故です！　事故なんです！　たまたま運悪く、ぶつかりそうになってしまっただ――――ひいっ⁉」

たらり、と。一筋。

強く押し当てられた白刃から、テオドールの血が滴り落ちる。

「運が悪かった？　誉れ高き天馬騎士が、自らの天馬を満足に操ることすらできず天馬騎士相手以外に負けるなどと、恥以外の何物でもないだろうが！」

一喝すると、エルネスト殿下は長剣を鞘《さや》へと納めた。

「で、殿下、お待ちくださいお願いいします。謝ります。謝りますから！　どうか俺の天馬騎士の解任は取り消して――――」

「本気で叩き切られたいのか？　俺より先に、謝るべき相手がいるだろう」

エルネスト殿下が冷え切った声で突き放した。

「まだ気がついていないのか？　レティーシアへの体当たりの寸前の加速で、おまえはかなり天馬に無理をさせたはずだ。見ろ。おまえの天馬は、左の翼の付け根の様子がおかしいだろうが」

「あ……」

テオドールは気が付いていなかったようだ。

エルネスト殿下の瞳に一瞬、殺気にも似た光が浮かんだ。

「やはり、おまえは天馬騎士失格だ。天馬は国の宝にして騎士の相棒だ。無造作に扱い怪我をさせたおまえに、騎士と名乗る資格は欠片も存在していない」

どうやら、エルネスト殿下が一番怒っているのは天馬の怪我についてのようだ。

逆鱗《げきりん》に触れたことにようやく気が付いたテオドールが、顔を真っ青にして震えている。

「正式な処分と通達文章は追って出すことにする。それまで、テオドールは天馬騎士団駐屯地の一室に入れておけ」

「はっ！」

エルネスト殿下の指示に、天馬騎士達が速やかに従った。

誰一人、呆然《ぼうぜん》とするテオドールを慰めようとはしていない。天馬騎士達の間でも、密《ひそ》かに嫌われていたのかもしれなかった。

テオドールが離宮から去ると、エルネスト殿下がこちらを見つめた。

「決闘の勝者はおまえだ。そちらの望み通り、ニーディア伯爵夫人の愛犬については後日、テオドールに非を認めさせ謝罪に向かわせることにする。伯爵夫人もそれでいいな？」

「え、えぇ。わかったわ」

場の雰囲気にのまれ黙っていた、ニーディア伯爵夫人が頷いた。そろそろ頭も冷えてきたようだ。

「でも、もしこのまま、ジョゼちゃんが見つからなかったら絶対に許さないわ。ジョゼちゃんの命に値段はつけられないけれど、それでも。テオドールには重い罰を――」

「くあっ！」

一声鳴き、フォンが突然起き上がった。

離宮の入り口の方角を見ている。

何ごとかと見ていると、やがて。

地を駆ける集団が、猛烈な勢いでこちらへと近づいてきた。

「あれは……猫か？」

エルネスト殿下が胡乱気《うろんげ》にしている。

近づいてくるにつれ、集団の細部が見えてきた。

白、黒、茶、灰色、三毛猫。

様々な毛柄の猫、いや、庭師猫の集団だった。

よく見ると庭師猫達は、一匹の犬を追いかけているようだ。

「ジョゼちゃんっ⁉」

絶叫し、わき目もふらず走り出すニーディア伯爵夫人。

ジョゼも主人の存在に気が付いたのか、必死でそちらへ向かい走っていった。

「ジョゼちゃんっ！」

「わんわんっわん！」

一人と一匹の再会。

主人と伴獣による感動の場面のはずだけど、にゃあにゃという鳴き声がうるさかった。

感動の場面の周りをぐるぐるにゃあにゃあと、庭師猫達が歩き回っている。

庭師猫が間近を通るたび、ジョゼはびくりと体をすくめていた。

「ジョゼちゃん、そんなに怯えてどうしたの？　この猫達はいったい……？」

「私の飼い猫のようなものです。この子達が、ジョゼを見つけここまで連れてきてくれたんです。そうよね、いっちゃん？」

「にゃっ！」

庭師猫の集団から抜け出してきたいっちゃんに声をかける。

私の言葉に頷くいっちゃんに、ニーディア伯爵夫人が戸惑っていた。

「猫にそんなことができるの……？　いえでも、ここに確かにジョゼちゃんはいるものね……」

「ジョゼちゃんに、大きな怪我はなさそうですか？」

「え、えぇ。ちょっと待ってちょうだい」

ジョゼを抱き上げ、全身をチェックしている。

「少し痩せたし、毛並みも汚れてしまっているけど……。骨を折ったり、大きな怪我はないみたいね」

「無事で良かったです。……あ、でも」

「でも？　何か心配なことがあると言うの？」

食いついてくるニーディア夫人に、一歩後ずさり答えた。

「ちょっと、その、猫が苦手になっているかもしれません」

庭師猫達に囲まれ、ジョゼはぷるぷると震えている。

大量の庭師猫に追いかけまわされたら、トラウマになるのも仕方ないかもしれない。

私は数日前、庭師猫達にお願いをしていた。

王都で探している犬がいるから、それらしい迷い犬がいたら教えて欲しいこと。

そして可能であれば、離宮までその犬を、連れてきて欲しいというお願いだ。

差し出す対価は暇を見て丸一日、庭師猫達の望む料理を続けるということ。

庭師猫は了承し、さっそくジョゼを探し始めてくれた。

離宮に住まう猫は、もともと王都に隠れ住んでいた個体がほとんどだ。裏道や抜け道、人では見つけられないような、隠れ場所にもとても詳しいのだった。

加えて庭師猫達は、普通の猫も巻き込んだ独自のネットワークを作っていたらしい。頻繁に猫集会を開き、情報を交換していたのだ。

そんな庭師猫達の手にかかれば、明らかに周囲から浮いている迷い犬一匹、探し出すのは時間がかからなかったようだ。

私が頼んだ翌日には、目撃談が上がってきていた。

そしてついに今日、ジョゼを追いかけ誘導し、王城の門番達を驚かせながらも開いていた門を走り抜け、王城の敷地内へ入り離宮までやってきてくれたのだ。

ニーディア夫人はジョゼを抱き、周りの庭師猫達を眺めていた。

「ジョゼちゃんがこうして帰って来てくれたなら、猫を怖がるくらい許容範囲よ。怖がり怯えた分だけ、私がかわいがり愛情を注いであげるわ」

「そうしてあげてください。こうしてニーディア伯爵夫人と再会できて、ジョゼちゃんも安心し嬉しく思っているはずです」

「ええ、本当に。またこうして再会できてよかったわ。レティーシア様、どうもありがとうございます。今日はまず、ジョゼちゃんを家に連れ帰ってあげたいので、また後日、改めてお礼に参りたいと思います」

「はい。お待ちしていますね」

一件落着、一安心だった。

笑顔でニーディア夫人を送り出し、庭師猫達にもお礼を言っていく。

「ありがとう。おかげで助かったわ。これで任務完了、お疲れ様でした」

「にゃっにゃにゃにゃにゃにゃーにゃ！」

「みゃみゃうにゃみゃみゃみゃっ！」

「にーにににーにににっ！」

どういたしまして、と言うように一斉に鳴く庭師猫達。

ジョゼ捜索隊は解散。

離宮裏手の畑を見に行く、離宮内の飼い主に料理をねだりに行くなど、思い思いの場所へと向かう庭師猫達を見守っていると、

「く、くくくっ……」

小さな笑い声が聞こえてきた。

発生源はエルネスト殿下のようだ。

「大量の猫を手足のごとく使役し、グリフォンにまたがれば天馬騎士を決闘で打ち倒し、そして時には平民の小娘に変装し町へと抜け出しているのか……」

「エルネスト殿下？」

くつくつと笑いながら、瞼《まぶた》を伏せ何やら呟くエルネスト殿下。

怪訝《けげん》に思い近づくと、正面からカッパーの瞳と視線がかち合う。

「面白い。おまえのようなおかしな女は初めてだ。見ていてとても痛快だな」

「はぁ……？」

どうやら珍獣認定されたようだ。

何がツボにはまったのかはわからないが、エルネスト殿下は楽し気にしている。

「納得だ。おまえのような愉快極まり女に、テオドールごときが敵うわけがないからな」

「テオドールですか……」

決闘の興奮が抜け冷静になると、気になることがいくつか出てきた。

「エルネスト殿下は、テオドールを天馬騎士から解任し、ニーディア夫人に謝罪をさせると言っていました。……決闘を受け勝利した私が言うことではないかもしれませんが、本当にエルネスト殿下の一存で、テオドールの処遇を決められるのでしょうか？」

「父上は反対しないだろうな。じじぃども……。テオドールの父親達も、表立って異を唱えることはできないだろうな。なんせテオドールは自ら決闘をしかけ反則まで犯したのに、それでも天馬騎士ではないおまえに勝てず自らの天馬を痛めつけただけだった。天馬騎士としても男としても人としても、尊敬できるところのまるでないあいつを、擁護するのは難しいだろうからな」

ならばとりあえず、テオドールのことで私が気をもむ必要はないのかもしれない。

しかしこの情け容赦のない酷評ぶり、エルネスト殿下も内心かなり、テオドールを疎ましく思っていたのではないのだろうか？

「テオドールは、以前から問題が多い天馬騎士だった」

私の心を読んだかのように、エルネストが語りだした。

「それでもなお、奴が天馬騎士の任を解かれなかった最大の理由は血筋にあった。三翼家の持つ特権を、おまえならば知っているだろう？」

「直系の子に与えられる、天馬騎士団への入団資格ですね」

天馬騎士は、ウィルダム翼皇国内の職業で最上位に位置するエリート達だ。

当然、入団試験は極めて厳しく倍率は優に数十倍にのぼるが、何ごとにも例外というのはあるもの。

エルネスト殿下のような王家の直系、そして建国の際に大功のあった三翼家の直系のみは、肉体さえ健康ならほぼ無条件で、天馬騎士団へ入団できるのだ。

「通常、天馬騎士団の入団試験では武芸の腕や身体能力だけではなく頭脳や教養、人柄や性格も審査されるものだ。テオドールのような人間は、まず間違いなく落とされるだろうな」

「三翼家の威光とは、それほどまでに強いものなのですね」

「加えてテオドールは幸か不幸か、天馬を駆る才能はあったようだ。俺の隊でも俺と副隊長につぐ、三番目の腕前を持っていた。だからこそ、多少の不祥事では辞めさせられなかったんだ。俺も奴のことは好いていなかったが、隊長としての責務で、助け舟を出したことは幾度かある。しかし今回は庇い切れないし、庇いたいとも思えなかったな」

「……厄介な部下を持たれていたのですね」

身分と実力は抜群だが、性格に難があり命令に従わない部下。

考えただけで、胃が痛くなってしまいそうだ。

「同情は不要だ。あぁ言った奴と一緒にされないよう、血筋だけで天馬騎士になったと軽んじられないように、俺は力を磨き責務を果たしている」

「まだお若いのに、とてもご立派だと思います」

お世辞ではなく、素直な賞賛の言葉を口にした。

気が強くプライドが高く口が悪いエルネスト殿下だけど。

高いプライドは積み上げてきた努力と、強い克己心の裏返しなのかもしれない。

「まだ若い？　おまえは俺より一つ年下だろう？　妙な言い回しをする女だな」

「……そうかもしれませんね」

十七歳の「私」ではなく、二十代で死んだ前世の「わたし」の感覚が強く出てしまったようだ。

エルネスト殿下は目敏いのだった。

「おまえだって、十七歳にしては優秀だと思うぞ？　王妃として振る舞うに不足ない知識と教養、回転の速い頭に魔術の腕。それに何より、グリフォンに乗る才能もありそうだ」

「お褒めいただきありがとうございます」

そう言って微笑んだ私へと、

「だからこれから、俺自らグリフォンへの騎乗を教導してやろうと思う」

「……はい？」

いきなりの提案をするエルネスト殿下に、私は疑問を浮かべた。

「エルネスト殿下がなぜ、私にフォンの乗り方の指導を？」

「俺は天馬騎士団全体でも五指に入る腕前だが不満か？　俺以上に、空を飛ぶ幻獣への騎乗の教導役に適した人間はそういないはずだ」

「いえ、そうではなくて。まずどうして、私がフォンの乗りこなし方を教わる前提になっているのですか？」

「空を飛んでいる時、おまえが楽しそうにしていたからだ」

当たり前のことを告げるように、エルネスト殿下が断言した。

「多くの人間は、いざ機会を与えられても空を飛ぶことを恐れてしまうものだ。しかしおまえは違った。テオドールとの決闘中も、空を舞う喜びを感じていたはずだ」

エルネスト殿下の言葉は当たっている。

フォンと共に自由に空を飛ぶ快感は、他では決して味わえないものだ。

もっと上手くフォンに乗れたらきっと楽しいだろうな、と。考えている自分は確かにいるのだった。

「おまえだけではない。おまえのグリフォンも喜んでいたはずだ」

「フォンが？」

「くあっ？」

名前に釣られたのか、フォンがとすとすと近づき嘴をこすりつけてきた。

かわいい。

少しひんやりとした嘴の感触が、頬っぺたへと押し当てられている。

「グリフォンは滅多に人に懐かない幻獣だと聞いている。人に慣れた場合でもほとんどは、地上でゆっくり走らせるのが限界だそうだが、おまえのグリフォンは違った様子だ。おまえを心から主人と認め尊重し、背中に乗せ飛ぶことに生きがいを感じているのだろうな。おまえの騎乗技術が上がればそれだけ、グリフォンも喜び生き生きとした姿を見せるはずだ」

「フォンが生き生きと……」

呟き、フォンの金茶色の瞳を覗き込んだ。

何を考えているか、詳しくはわからないけれど。

私のことを慕って、信頼してくれていることは伝わってくる。

そんなフォンが喜んでくれるなら、飛行技術の向上に努めたいと思った。

「……わかりました。エルネスト殿下のお手すきの際にでも、私にフォンへの騎乗のコツを教えていただけたらと思います」

エルネスト殿下はゆくゆくは、ウィルダム翼皇国の国王となる人間だ。

今の内から縁を繋いでいくのもいいだろうと、内心で計算を弾いた答えでもある。

「あぁ、引き受けよう。おまえと過ごす時間は、退屈と無縁だろうからな」

エルネスト殿下はそう言うと、楽しそうに瞳を細め教導役を引き受けてくれたのだった。

「料理って、ある意味、行き着く先は体力勝負になるわよね」

筋肉痛に苛《さいな》まれながら、私は寝台の上で呻《うめ》き声をあげた。

フォンに乗って飛び、決闘に勝利してから八日ほどが過ぎたところだ。

私は予定を調整し、昨日一日をフリーにしていた。庭師猫達の約束を、果たすための一日にしたのだ。

「朝から晩まで、怒涛の一日だったわね……」

ジョゼ捜索の対価として庭師猫達に約束したのは、丸一日庭師猫達のために、料理を作り続けると言うことだった。

当然、それなりに体力を持っていかれるのは覚悟していたけれど……。予想より遥かに、庭師猫達の要求は貪欲だったのだ。

「食べることが好きで、前からよく料理を作ってくれと頼まれてはいたけど……」

全身の筋肉痛と共に、私は悟ってしまっていた。

庭師猫達はあれでも、普段はそこそこ自制していたのだ。

昨日、料理を求める庭師猫達の勢いは凄《すご》いものだった。約束の対価だからと自制なく遠慮なく、食材を手に厨房に押し掛けてきたのだ。

作っても作っても、次々に持ち込まれる食材達。

料理人達と協力し調理していったけど、作れども作れども全く終わりが見えなかった。

朝一から厨房に立ち、竈《かまど》の火を落としたのは日付が変わる寸前。一日中ほぼフル稼働で、料理を作ることになったのだった。

ずっと調理器具を持ちっぱなしで、腕が鉛みたいに重くなっている。

少しでも動くと、体のどこかしらが筋肉痛で悲鳴をあげる状態だ。

こちらの離宮に来てからは、『整錬』で作った自家製ダンベルなどを使い、コツコツと筋肉作りに励んでいた。おかげでここ一、二か月は、体力不足に悩まされることも減ってきていたから、昨晩は久しぶりに、疲れ果てて泥のように眠ったのだ。

「でも、おかげで、庭師猫達は満足してくれたのよね」

存分に食欲を満たした庭師猫達は、それはもう喜んでいた。もふもふにゃぁにゃあと騒ぐ姿を見ていると、筋肉痛も吹き飛ぶ……なんてことはなかったけれど。

頑張った甲斐《かい》はあったと思えたのだ。

「レティーシア様、お体の加減はいかがでしょうか？」

扉越しにルシアンが声をかけてきた。

そろそろ朝から昼へと移る時間帯だ。ぼちぼち、寝台の上から離れることにしよう。

「よっこい、あっ、アイダタタタタ……」

筋肉痛に呻きつつ、よろよろと立ち上がった。

だいぶ痛いが、動けないというほどのことではない。

侍女の助けを借り身支度を整え廊下を歩いていると、向こうからジルバートさんがやってきた。

「レティーシア様、おはようございます。お体は大丈夫ですか？」

「ええ、どうにか動きそうよ。ジルバートさんの方は、筋肉痛はないのかしら？」

「慣れていますからね。一晩寝たら元通りです」

ジルバートさんに強がった様子はなく、あくまで自然体だった。

すごいなぁ。

私と同じように、ジルバートさんも昨日一日中、庭師猫達のリクエストを叶えるべく、厨房で立ちっぱなしだったのだ。

にも拘らず、今日は疲労の影もなくピンピンとしている。

細身で、どちらかといえば頼りない印象のジルバートさんだけど、若くして料理長を務めるだけあって、体は鍛えられているようだ。

料理とは体力勝負でもある、と。

昨日から何度も実感しているのだった。

「レティーシア様は、この後どうなさるご予定ですか？」

「昼食までは、離宮の周りで過ごそうと思うわ」

もうすぐ、今日の狼達の散歩の時間だ。

もふもふと癒しを求め、私は前庭へと出ていった。

「わふふっ！」

まもなく、狼番のエドガーに連れられ狼達がやってきた。

私の姿を見ると走り寄り、頭を差し出し撫でられ待ちのポーズをとっている。私が撫でやすいよう、耳を倒し気味にしているのが愛らしさ倍増だった。

「よーしよしよし。ジェナは今日もかわいいわね～」

狼達の中でも、一際人懐っこいのがジェナだ。

私はわしゃわしゃと、頭のてっぺんを撫でていった。

ジェナは気持ちよさそうに、尻尾を振り振りしている。

撫でているうち、僕も僕も、と。次から次へと狼達がやってきて列になっている。お行儀のよい子達だった。

順番に撫でてやり、列がなくなると、私は周囲を見回した。

「ぐー様を探しているんですか？」

「正解よ、エドガー。よくわかったわね」

「レティーシア様は、ぐー様のことを大変お好きですからね」

「………………その通りね」

なんてことはないエドガーの言葉に、つい返答が遅れてしまった。

ぐー様のことは好きだ。

けど、ぐー様の正体はグレンリード陛下であるわけで。

素直に好き、と。口にするのは少し恥ずかしいのだった。

「ぐー様、ここのところ僕も見かけませんね」

「きっと忙しいのよ」

正確には、その正体である陛下がご多忙なのだ。私もいくらか、エルネスト殿下達一行の歓待を受け持っているとはいえ、国王である陛下にしかできない仕事も多いのだった。

「狼のぐー様が忙しい、ですか？」

きょとんとした顔で、疑問を浮かべているエドガー。

私は苦笑すると、ちょうど近くへ寄ってきた狼を撫でてやった。

「なんとなく、そんな気がしただけよ。エドガーは、仕事が忙しかったりしないかしら？」

「僕ですか？　そうですね、狼達の子育ても一段落してきましたし、次の換毛期までは、だいたい落ち着いていると思いますが……あ、そうだ。明日から、散歩の時間が早くなると思います」

「じき夏の盛りだものね」

日本のような真夏日になることは珍しいとはいえ、日々気温はゆるやかに上がってきている。

狼達は夏毛とはいえ、人間や獣人よりは暑さに弱いらしかった。

昼間の日差しを避け朝早くと夕暮れ時に、散歩をすることになったようだ。

明日からの散歩のおおよその時間を伝えると、エドガーは狼を連れ帰っていった。

昼食まではまだ少し時間があるため、庭師猫達の様子を見に行くことにする。

離宮の裏手に向かうと、一定の間隔で鳴く、庭師猫達の声が聞こえてきた。

「にゃー」

「なー」

「にゃー」

「なー」

「にゃー」

「なー」

「にゃー」

「なー」

十数匹の庭師猫が鳴き声と共にざっくざっくと、リズミカルに鍬《くわ》を振り下ろしている。

人間の使う鍬のミニチュア版、肉球にジャストフィットする大きさの鍬の金属部分は、私が『整錬』で作ったものだったりする。

美味しい収穫はまず土づくりから。

植物を急成長させる力を持つ庭師猫だったけど、水を用意し土壌を整えておいた方が、少ない魔力で高品質な収穫物を得られるらしい。

おかげで庭師猫達はここのところ毎日のように、農作業を行っているのだ。

「今日も農作業が捗《はかど》っているわね」

昨日一日、思う存分食べた庭師猫達は、やる気がみなぎっているようだ。

猫に似た姿の庭師猫は、自分の好きなことには一直線。労働もいとわない性格の子が多いようだった。

元はいっちゃんが苺を育てていただけの一帯は、庭師猫の農場へと作り変えられていた。

おのおの思い思いに働く庭師猫だったが、一応まとめ役のような子は存在している。

農場の中心あたりに陣取り、やってくる庭師猫達と会話をし指示を出している薄茶の子。どうやらあの庭師猫が、今の庭師猫達の集団の、トップに君臨しているようだ。

「あ、レティーシア様もこちらに来ていたんですね」

籠を手に、離宮からジルバートさんがやってきた。

すると目敏く、まとめ役の薄茶の庭師猫が駆けつけてくる。

自分で育てた小麦の束を、二本足で立ち上がりジルバートさんへと差し出していた。

「にゃ！　みゃみゃうにゃ！」

「おっ、ありがとう。今日の小麦もいい出来だね」

小麦を手渡した庭師猫が、えっへんと胸を張っている。

ジルバートさんは薄茶の頭を撫でてやると、次々と運ばれてくる小麦を受け取っていった。

「ありがたいです。これでまた、新しい小麦を使った料理を試せそうです」

「ふふ、楽しみにしているわ。庭師猫産の小麦を使った料理、どれも美味しいものね」

「ええ、すごいです。庭師猫は本当に、とてもとても素晴らしい生き物ですよ」

ガチめなトーンで、真面目な顔で言うジルバートさん。

手元の小麦を、じっと凝視している。

「この小麦、このあたりで広く作られている小麦と同じ品種に見えますが……。品質が明らかに、数段上になっています。同じ品種でも庭師猫の手が加わると、こうも食材としての質が上がるのですね」

「不思議よね。庭師猫の魔力が、いい具合に働いているのかしら？」

詳しい原理は不明だけど。

庭師猫の持つ魔力が、それぞれの植物ごとに最適な成長を促し、秘めたるポテンシャルを余すことなく引き出すものだとしたら。

庭師猫産の食材が、高品質揃いなのも納得なのだった。

「私達料理人にとっては、本当にありがたい存在ですよ。旬の外れた食材でも、庭師猫の手にかかれば数日で、作ってもらうことが可能ですからね」

「作れる料理の種類を、ぐっと増やすことができるものね」

日本と違い、この世界では温室栽培や、冷凍設備による食材の保存技術は発達していなかった。

必然、使用可能な食材は旬のものに限られてくる。

夏に収穫できるトマトと、新鮮な冬野菜を一緒に使うことは難しく、料理の幅も限られることになる。

そんな状況での庭師猫の存在に、ジルバートさんが深い感謝を捧げるのも自然な流れだった。

「庭師猫はすごいです。ほら、あちらのトマトを見てください。一見、普通のトマトと同じようですが、よく見ると葉のつき方が少し違います。食べてみると、甘みが強く濃厚な汁がぎっしりと詰まっています。私も食べたことがない品種。もしかしたら今まで、人間が口にしたことがない多くの品種を、庭師猫は独自に育てているのかもしれません。この先いずれ、庭師猫のもたらした品種によって、料理界に革命がおこる可能性もあります」

「庭師猫、まだまだ底が見えないですよね」

立て板に水で語るジルバートさんに相槌を打つ。

彼の言う通り、庭師猫のもたらす食材にはいくつか、この辺りでは見たこともない植物が混じっていた。

例えば、日本ではお馴染みだったみかんの木。

例えば、チョコレートの原料になるカカオの実。

加えて前世の知識にも見当たらない、真っ赤な皮を持つ梨のような植物などが、庭師猫達によりもたらされていた。

誇張表現ではなく現実に、料理界を激変させる可能性を持つのが庭師猫だ。

料理に情熱を注ぐジルバートさんはここのところ、庭師猫に夢中になっているのだった。

「にゃっ！」

小麦を渡し終え一鳴きすると、薄茶の庭師猫が農場の監督に戻っていく。すると待ちかねていた、庭師猫達が周りを取り囲んだ。

「コムギちゃん、周りから頼りにされているようですね」

庭師猫同士はもっぱら、お互いの育てている植物の名前で相手を呼んでいるらしい。

私達もそれにならって、庭師猫達を呼び分けているのだ。

コムギちゃんが庭師猫のまとめ役となった理由はいくつかあった。

一つは、コムギちゃんがまじめで、まめな性格をしていること。

そしてコムギちゃんが育てているのが、小麦だったからだ。

庭師猫達はそれぞれ、自分の一押しの植物を育てている。

自分は自分、他人は他人……いや違う、この場合は他猫は他猫、になるのだろうか？

まぁ細かいことは置いておいて。

とにかく、庭師猫達にとっては自分の好物こそがナンバーワンだ。他猫と比べたりはしないけれど、小麦やトマトなど、他の食材と合わせやすい植物を育てている庭師猫は他猫から人気があり、周りへの影響力が強いことがあるようだ。

コムギちゃんが、お見合いで大人気だったジルバートさんの飼い猫になれたのも、その強い影響力のおかげだった。

ジルバートさんの飼い猫の座を勝ち取ったことで、コムギちゃんは周りから更に尊敬されるようになったらしい。おかげでそのまま、庭師猫達のまとめ役になったのだった。

「庭師猫の間では猫社会が形成されていて、今も発展しているのよね」

乱獲から逃れるため、ひっそりと息を潜めていた庭師猫達。

いっちゃんの呼びかけで離宮に集まり定住し、人間関係ならぬ猫関係が幾重にも交差していき。

畑を広げ農場を作り、人間との交流でより多くの種類の料理を得ていくその流れは。

「……庭師猫の夜明けぜよ？」

幕末偉人の名言を魔改造して呟く。

定住からの農業の拡大、料理文化の発展を見せる庭師猫達の様子は、前世で習った人類史の黎明期のようでとても興味深かった。

このままどこまで庭師猫社会が変化していくのか、ぜひ見届けたいところだ。

「にゃにゃ？」

庭師猫社会の未来に思いを馳せていると、いっちゃんが苺を手にやってきた。

苺を受け取り、サバトラ柄の頭を撫でていく。

「庭師猫社会が発展してきても、いっちゃんは変わらないわね」

「にゃうにゃうにゃ」

自分は苺があればそれでいいですから。

と、言うように鳴くいっちゃん。

離宮に一番最初に住み着いた庭師猫であり、他の庭師猫がやってくるきっかけとなったいっちゃんは、他猫から一目置かれていた。

が、マイペースな性格をしているため、まとめ役には収まることなく、毎日自由気ままに苺を育て私と共に過ごしていた。

いっちゃんの期待と信頼に応えるべく、筋肉痛を無視し厨房へと向かう。

その途中で、離宮への訪問者と出会うことになる。

「こんにちはリディウスさん」

「あぁ、邪魔をしている」

黒髪に魔術局の黒の制服とマントを羽織った、黒づくめのリディウスさんだ。背後には彼に懐いている、水色のくるみ鳥もついてきている。

リディウスさんはうなじでくくった髪を揺らし、箱を手にこちらへやってきた。

「頼まれていた紋章具が完成したから持ってきた」

「ありがとうございます。確認させてもらいますね」

箱の中にあるのは、三段重ねの噴水のような形をした紋章具だ。

魔石を動力に動く装置、紋章具。

リディウスさんはその専門家で、この国トップの実力者だった。たびたび私の前世の記憶を元にした紋章具のアイディアを聞き、形にしてくれているのだ。

「今回の紋章具は、前に作ったチョコレートファウンテン用の紋章具を元に調整を施したものだ。念のため、動作を確認してみてくれ」

「わかりました。実際にチーズを用意して動かしてみますね」

厨房に指示を出し準備をしていく。

使用人達は昼前の仕事を行っており手が離せないので、庭師猫達を呼び試食してもらうことにする。

「庭師猫のみんな～～～。チーズはいかが～～～～？」

離宮裏手の農場へと叫ぶと、少ししてたくさんの庭師猫達がやってきた。手に手に収穫物を持ち、わくわくと瞳を輝かせている。みんな食べることが大好きなのだ。

押し合いへし合い、紋章具の前でスタンバる庭師猫へと話しかける。

「あ、でもちょっと待ってね。庭師猫達が紋章具を使う前に、せっかくだからリディウスさんも食べてみませんか？」

「……もらおう」

「具材は何がいいですか？」

ルシアンが盆に載せ持ってきてくれた、具材を指し示した。

パンやソーセージ、ベーコンなど、下準備がすぐの具材が並べられている。

「そのパンがいい」

「わかりました。少し大きめなので、よかったら切り分け量を少なくしましょうか？」

お昼ごはん前だし、リディウスさんは食が細い方なので、念のため聞いてみることにした。

リディウスさんは頷いている。

「ではやりますね」

パンに照準をあわせ魔術を発動。

風の刃によって、いい感じに切り分けることができた。

「今日も見事な魔術だな」

「わっ⁉」

パンから顔を上げると、間近にリディウスさんの顔が迫っていた。

キラキラぎらぎらとした緑の瞳で、私とパンを凝視している。

「遅滞なく滑らかな魔力循環のなせる技である速やかな魔術行使により現出する術式は第三階梯とはいえ他の魔術師の練度とは明らかに一画を隠しもはや別物だと言ってもいい名人の魔術だもう一度ここで使用してくれないか駄目だろうかならば他の第三階梯ないし第四階梯の魔術を見せてくれるとありがた――」

「待って。リディウスさん待って近いです」

息継ぎなく語るリディウスさんの顔はすぐ目の前だ。

見かねたルシアンが笑顔のまま冷えた空気をまとい、リディウスさんを引きはがした。

「リディウス様、落ち着いてください。レティーシア様は王妃でいらっしゃいます」

「……あぁ。そうだったな。レティーシア様はグレンリード陛下の……妻、だったな」

冷水をかけられたように。

リディウスさんがしゅんとしている。

魔術語りを止められ、落ち込んでいるのかもしれない。

「リデイウスさんのお話は、また別の時に聞かせてもらいますね」

苦笑しつつ、準備の整ったチーズファウンテンの紋章具を動かし始める。

とろりとしたチーズがてっぺんからあふれ、滝のように下へと流れていった。

「うん、美味いな。動作も問題なさそうだ」

「わかりました。じゃあ次は、庭師猫達の番ね」

振り返ると、庭師猫達が手にした収穫物をこちらへ差し出していた。

収穫物へ向け、まずは水の魔術を発動。

庭師猫達が器用に肉球を使い、収穫物の表面についた汚れを洗い落としている。

洗浄が終わったら乾燥だ。

火を操る魔術の応用で、熱風を生み出していった。

庭師猫達は余分な水気を乾燥させた収穫物を、我先にとチーズファウンテンに突っ込んでいる。

「にゃー！」

「にゃにゃっにゃー！」

「なうなうにゃにゃうにゃ！」

意訳すると、

『チーズ万歳！　祭りに乗り遅れるな！』

といったところだろうか？

具材はプチトマトといった前世でポピュラーだったものもあるが、生の人参、キュウリ、ジャガイモにほうれん草、苺を突っ込むいっちゃんなどかなりバラエティ豊かのようだ。

「今回も、リディウスさんの作る紋章具は大人気ですね。どうもありがとうございます。こちらの紋章具、予定通り今度の舞踏会で使わせてもらいたいと思います」

「五日後の舞踏会だったな？」

「そうです。リディウスさんも出席されますか？」

主催は王家で、エルネスト殿下も参加する大規模な舞踏会だ。

魔術局の若手筆頭株であるリディウスさんの元にも、招待状は届いているはずだった。

「出席するつもりだ。舞踏会に出るのは、魔術局に入局した年に、長官に無理やり連れられて以来になるが……。レティーシア様が出席するな――」

「ぴいっ！」

リディウスさんの声に、ぴよちゃんの鳴き声が重なった。

クリームイエローの羽毛をなびかせ、水色のくるみ鳥へと突撃。

羽毛を重ね、互いをくるみあう二羽。しばらくぶりに顔を合わせたくるみ鳥同士の、挨拶のようなものだったのだけど、

「リディウスさん⁉」

運悪く、間にリディウスさんが挟まってしまっていた。

顔が埋もれ声も出せないのか、うなじでくくった髪が揺れるだけだ。

「ぴよちゃん待って。リディウスさんが窒息しちゃうわ」

「ぴぴっ？」

ぐいぐいと二羽のくるみ鳥を引きはがす。

しかし、ぴよちゃんは遊んでもらえると勘違いしたのか、こちらへと体をすり寄せてきた。

ふわふわとしたクリームイエローの羽毛が、視界いっぱいに広がっている。

「レティーシア様を離してください。これで何度目です鳥頭なんですか？」

ぴよちゃんを叱るルシアンの声が聞こえる。

リディウスさんに続き私まで、羽毛に埋もれてしまったのだった。

◇　◇　◇

「レティーシア様、仕上がりました。もう動いても大丈夫ですよ」

侍女の声に、私は姿見で服装を確認した。舞踏会のため、珍しく気合を入れ着飾ったのだ。

身にまとうのは、深く鮮やかなブルーのドレスだった。縫い付けられた真珠と粒宝石、光沢のある刺繍が、光を受け星のように煌めいている。肩と胸元には薔薇の飾り。腰から下はふわりと広がり、中に身に着けた純白のスカートが覗き美しかった。

デコルテは見せすっきりと。腕は絹の長手袋で覆われていた。

髪はサイドの一房ずつを残し後頭部でまとめ、巻いた二房を後ろで垂らしている。踊ると髪が揺れ靡《なび》き、動きと華やかさを演出する髪形だった。

「すごい！　すごくお綺麗ですレティーシア様……！」

ドレスの着付けの勉強のため見学していた、レレナが感激していた。

「青いドレスに宝石や金の髪がきらきらと輝いて、まるでお星様みたいです！」

「ふふ、ありがとう。舞踏会へ行ってくるわね」

「はい！　行ってらっしゃいませ！」

王城の本城に用意された控室を出て、ルシアンを従え歩いていく。

廊下を進み、中庭に面した回廊へと出た。

「あ……」

陛下だ。

月明りに影を落とし、陛下が一人佇んでいる。

銀の髪が月光に淡く輝き、秀麗な顔立ちにかかっていた。

均整の取れた長身を、黒の正装が一際際立たせている。艶やかな黒の布地には金の縁取りと装飾が施されており華やかで、長い手足を包み込んでいた。

気が付けば、呼吸を止め見入ってしまっている。

息を吸いこみ足を進め、陛下へと近づいていった。

「陛下、お待たせいたしました。陛下のお姿が麗しくて、つい見とれてしまいましたわ」

「そうか」

陛下がふいと視線をそらした。

気が付かないうちに、何か粗相をしてしまったのかと心配になる。

「……美しいのはおまえの方だ」

「え？」

陛下の呟きが、聞き間違えではないとしたら。

こちらを褒める言葉だった。

「何でもない。じきに舞踏会の開幕だ。会場へ向かうぞ」

差し出される陛下の手。

右手を重ねると、そっと包み込まれた。

壊れ物を扱うような手つきに、鼓動が一つ飛び跳ねる。

早鐘を打つ心臓を抱え、陛下のエスコートで進んでいった。

日はとうに落ちているが、舞踏会の会場は眩い光があふれるようだ。

シャンデリアが煌めき、蝋燭《ろうそく》の光を反射しちりばめている。天井の高い広々とした空間には楽隊の演奏が流れ、参加者達が笑いさざめいていた。

舞踏会は立食形式で始まり、しばらくするとダンスのための音楽が演奏される予定だ。

壁際に並べられたテーブルのいくつかには、私が指示を出し準備させた料理が並んでいる。

シフォンケーキにハムサンドなど、片手で食べられる軽食が中心になっていた。チーズファウンテン用の紋章具も設置されており、物珍しさから参加者の注目を集めているようだ。

「陛下、念のため最終確認がしたいので、あの紋章具の近くへ行ってもらっても？」

「わかった。行くぞ」

陛下と共に、紋章具の設置されたテーブルへと近づいていく。

ちょうどそこには、開発者であるリディウスさんもやってきていた。

「こんばんは。リディウスさんも最終確認に来たのですか？」

「………」

挨拶を告げるも、一向に答えは返ってこなかった。

おかしい。

こちらへと顔を向けたところで、リディウスさんは固まってしまっていた。

「リディウスさん？」

「………」

再び話しかけるも、やはり返答はなかった。

完全にフリーズしてしまっている。

もしや引きこもり体質が祟って、人に酔いグロッキー状態なのだろうか？

「レティーシアを見つめたままどうしたのだ？」

陛下がリディウスさんに声をかけた。

どことなく、機嫌が悪そうな気がする。

リディウスさんははっとして、ぶんぶんと頭を振った。

「いや、何でもない。舞踏会の空気にあてられて、少しぼんやりしていたようだ」

やはり人酔いしていたようだ。

紋章具の最終確認のため、無理をして出席してくれたのかもしれない。

「無理はしないでくださいね。いつもの魔術局の制服と違って、服も着慣れないもののようですし、慣れないことの連続で、疲労がたまっているのだと思います」

今日のリディウスさんは首元にグレーのクラヴァット、上着として黒のジェストコールを身に着けている。

舞踏会に相応しい華やかな装いだが、リディウスさんが着慣れているとはとても思えなかった。衣服を準備したのもリディウスさん本人ではなく、魔術局の同僚のオルトさんあたりの気がする。

「……やはりこの服は似合っていないか？　これを着て行けと、オルトに押し付けられたんだが」

「いえ、オルトさんは良い審美眼をされているかと。その服装、よくリディウスさんに似合っていると思いますわ」

「…………そうか」

またしても、リディウスさんが固まってしまっている。

少し心配だが、じきに舞踏会の開幕時間だ。

陛下と共に、入り口から反対側の壁際、薔薇で飾りつけられた段の上へ向かった。薔薇は生花で、庭師猫達の協力もあり瑞々《みずみず》しく花弁を広げていた。

到着し少しすると、一旦音楽が鳴りやむ。

参加者達の視線が、やにわにこちらへと集まってくる。

王妃らしく微笑む私の横で、陛下が口を開いた。

「本日は、よくぞこの場へ集まってくれた。我が国の貴族に重鎮、異国より来し貴人達。美しき夏の夜を、思う存分皆楽しんでくれ」

よく通る陛下の声が開幕を告げる。

拍手が鳴り響き、ゆるやかに楽の音が流れ始めた。

陛下と私はしばらくここで、主賓であるエルネスト殿下を歓待する予定だ。

しばらくすると、エルネスト殿下がマントを翻しやってきた。

今日の舞踏会の目的の一つは、ウィルダム翼皇国からの使者らをもてなすことにある。

使者はエルネスト殿下率いる天馬騎士団の一隊と、同数程の文官達で構成されている。エルネスト殿下に付き従い、今は背後に控えていた。

「お招きにあずかり感謝しよう、グレンリード陛下。レティーシアも、一昨日ぶりだな」

「よく来てくれた、エルネスト」

歓迎の言葉を紡ぎながらも、陛下の声には感情の色がなく硬質な響きだ。

陛下らしいといえばらしいけど、いつもはもっと愛想がいい……というほどではないけれど、もうほんの少しだけ、声に温かさがあったような？

エルネスト殿下とは、あまり相性が良くないのかもしれなかった。

「レティーシアとは、友好関係を築いているのだな」

「あぁ。天馬騎士として、グリフォンへの騎乗の練習を見ている。筋が良く先が楽しみだぞ」

「……そうか。エルネストとは、上手くやれているようだな」

陛下がこちらへと話をふってきた。

「ふふ、エルネスト殿下からは本日の舞踏会で出している、チーズもいただいています。評判は上々のようですわ」

視線で、チーズファウンテン用の紋章具が設置されたテーブルを示した。

紋章具の前には使い方を説明するために、離宮から連れてきた侍女が立っている。

侍女の説明を受け、さっそく何名かの参加者が、チーズファウンテンを体験していた。

チーズの噴水に一口大の食材を差し入れ取り出し、舌鼓を打っているようだ。結構な好評のようで、既に人だかりができ始めていた。

「あそこで使っているチーズは、エルネスト殿下からいただいたチーズの風味と良さを生かし下処理を行ったものになります。名高きウィルダム翼皇国のチーズだけあって、多くの参加者を虜《とりこ》にしているようですわ」

ウィルダム翼皇国はこの国の南西部と国境を接する、山がちの国土を持つ国だ。

平地が少なく農地こそあまり広くないが、代わりに酪農業が発達している。チーズは名産品の一つで、人気と長い歴史があるのだった。

「お返しに、こちらからはお菓子を用意させていただきました」

「どんな菓子だ？　おまえが用意したんだ。期待させてもらおう」

「こちらですわ」

控えていた侍女ら数人に合図すると、銀の覆いを被せた盆を運んできた。

「ヴォルフヴァルト王国で収穫された最上級の小麦を使ったクッキーと、チョコレートというお菓子ですわ」

「ちょこれーと？　初めて聞く菓子の名だな」

「まだ一般には、広く知られていませんわ。独特な風味ですが、気に入られた方にはたまらないようです」

庭師猫産のチョコレートを、離宮の人々に試食してもらった結果。

食べ慣れない味で好きになれないと答えたのが三割弱、まぁまぁ好きと答えたのが四割ほど、そして残りの三割はチョコレートが大好きだと答えてくれていた。

この国に今までなかった味だからこそ、はまる人はとことんはまるようだ。

今のところ、チョコレートは庭師猫産に限られているので、チョコレート好きの中には、庭師猫をあがめ称えている人もいる。軽いチョコレートジャンキーだった。

「ただやはり、ある程度好みが分かれる食べ物ではありますので、味が好みでもない方にも楽しんでいただけるよう、工夫をさせていただきました」

「ほう？」

興味深そうに盆を見るエルネスト殿下。

侍女らに合図し、一斉に覆いを外させた。

「！　これは、天馬、か……？」

よしよし。

狙い通り、エルネスト殿下は驚いてくれたようだ。

盆の上に並べられたのは、チョコレートの天馬達とクッキーだ。

チョコレートの天馬はクッキーと同様に平面状だが、表面にはレリーフのように凹凸がつけられている。大きな翼、細く長い四本の脚、たてがみのたなびく長い首など、細部に至るまで天馬の姿かたちを凹凸で忠実に再現してあった。

「なんだ、これは？　出来の良いレリーフ彫刻にしか見えないが、本当に菓子なのか？」

「きちんと食べられますわ」

「どのように作っている？」

「そこは秘密です」

私の魔術、『整錬』を活用しているのだ。

『整錬』を用い、金属で天馬を象った型を作成。そこへチョコレートを流し入れている。

試行錯誤を経て、今ではかなり綺麗に、精密な造形のチョコレートを作れるようになっていた。

「秘密、か。これほどの技術、秘するのも当たり前だな」

エルネスト殿下も納得してくれたようだ。

しげしげと、チョコレートの天馬達を観察している。

「ん？　このチョコレートは、ガルス副隊長の天馬か？」

「はい。ガルス副隊長の天馬の外見を模していますわ」

「なんと！　私の天馬をですか？」

エルネスト殿下の背後で、ガルス副隊長が感激している。

近くで見てみたそうにしていた。

「陛下、彼を近くへ呼んでもよろしいでしょうか？」

「許そう」

陛下の許可が下り、ガルス副隊長がさっそくやってくる。

「おぉ……！　確かに私の天馬です！　私の天馬に、とてもよく似ています……！」

ガルス副隊長からのお墨付きを得ることができた。

そっくりになるまで、何度もリテイクを繰り返した努力が実ったようだ。

「よくできているな。こちらの天馬はビルツの、あの天馬はアスレイの、そしてあれはクルージの天馬を模したものだな？」

エルネスト殿下が順番に、チョコレートの天馬を指し示している。

「その通りです。さすが殿下、一目でどなたの天馬がおわかりになるのですね」

「ふっ、これくらいは当然だ。一頭一頭、体つきや毛の色合いもきちんと再現されているからな」

一口に天馬といっても体の細部や、毛の色は一頭一頭異なっている。

私が作ったチョコレートの天馬もできる限り、モデルとなった天馬の特徴を再現していた。

チョコレートに加えるミルクの配合をいじって、白から薄茶、黒に近いこげ茶までの色が使用可能になっている。

もちろん、私一人で作ったのではなく、何人もの人に協力してもらっていた。

まずは、画家であるヘイルートさんだ。

初めてエルネスト殿下ら天馬騎士隊が離宮に訪れた時にも、ヘイルートさんには離宮に来てもらっていた。画家の目と腕ですばやく、各天馬の特徴をとらえたスケッチを作成してもらったのだ。

スケッチを元に、私はチョコレート型の作成を開始。

『整錬』の魔術は細部までイメージがしっかりしているほど、理想通りの品を作ることができる。最初に作った型を使ったものは、辛うじて馬とわかる程度の粗い出来上がりだったのだ。

そこからはイメージを練り込み、トライアンドエアーあるのみ。なお、失敗作も全てきちんといただいている。主にチョコ好きの庭師猫がだ。

私は失敗を重ねながらも、スケッチ作成者のヘイルートさんのアドバイスを受け、納得できるクオリティに到達することができた。

その作業と並行して、ジルバートさんら料理人と、チョコレートそのものの改良も行っている。白からこげ茶までの色を作ることができるチョコレートだったけれど、見た目だけではなく食べてもきちんと美味しいように、ジルバートさん達と配合や作り方の研究を繰り返したのだ。

天馬のチョコレートは努力の結晶、立派な作品なのだった。

「待て。俺の天馬はどれだ？」

一通り天馬のチョコレートを確認したエルネスト殿下が、片眉をひそめていた。

「この中に、俺の天馬、シルファを模したものはないようだが？」

「もちろん、エルネスト殿下の天馬についても、用意していますわ。今持ってこさせましょう」

合図を送ると侍女が、大きな箱を被せられた盆を手にやってくる。

箱を取り去ると甘い香りが広がり、エルネスト殿下の顔に感嘆が浮かんだ。

「まるで今にも、動き出しそうだな……！」

現れたのは高さ三十センチほどの、チョコレートでできた天馬の立体像だった。

しっかりと自立しており、翼を広げながら、右前足を軽く曲げたポーズをしている。

色はホワイトチョコの白。

大きさはだいたい、本物の六分の一くらいだろうか？

羽の一枚一枚まで、しっかりと立体で再現している。

土台部分には飴細工の薔薇も飾られていて、華やかな作品に仕上がっていた。

立体ということもあり、完成まで他の天馬チョコレートの十倍以上の時間がかかっている。

たぶん、チョコレートの冷却待ち時間なんかを除いても、優に二十時間はかかってるんじゃないかな……。

正直、作業中いくどかくじけかけていた。

まず自立するよう、だいたいの形を作るまでもそれなりに時間がかかっている。

その後も右の翼の形を直したら、他の部分とのバランスが悪くなってしまったり。

快心の造形だと思ったら、脚の強度が足りず私の心ごとぽっきり折れてしまったり。

失敗の連続に、造形を監督してくれていたへイルートさんの目も途中から半ば死んでいた。付き合わせたお礼に、謝礼は多めに出しておいたのだった。

「エルネスト殿下、いかがでしょうか？　ご満足いただけましたか？」

「あぁ、もちろんだ」

エルネスト殿下が、チョコレートの天馬を見つめている。

「おまえは本当に、驚くことばかりだ。……やはり、俺の国に欲しいな」

何やら呟くエルネスト殿下。

後半が聞き取れず、なんだろうと思っていると。

「レティーシア、いくぞ」

ぐいと左手を陛下に引かれた。

引かれる力が強く、転びそうになってしまう。

「きゃっ？」

バランスを崩した体が、陛下に受け止められている。

ちょうど、陛下の胸に頬をおしつけるような体勢だ。

硬くたくましい胸板に、ついどきりとしてしまう。

陛下は結構、着やせする方なのかもしれなかった。

「怪我はないか？　悪かったな」

「大丈夫です。でも、突然どうなされたのですか？」

「……もうすぐダンスの時間だ。早めに会場の中心に向かっておいた方がいい」

陛下はそう言うと、私の右手をすくいとった。

「準備はできているな？」

「ええ、もちろんです。それが私の役割ですから」

こういった場で陛下のパートナーを務め王妃として振る舞うために、私はこの国に呼ばれたのだ。

お飾りの王妃だからこそ、陛下に迷惑をかけないよう、きちんとイベントはこなしたかった。

あいにく、陛下が忙しいこともあり、一緒にダンスの練習をしたことは一度だけだ。基礎的ないくつかの動きを合わせ、一通り踊る曲の流れを確認したのみで終わってしまった。

その後は離宮の使用人に陛下の代わりになってもらい、ダンスの練習をしている。

今の体は前世より運動神経が良いため、ダンス中にうっかり転んだりはしないはず。

「始まりますね」

演奏が変わり、踊りのための音楽が奏でられる。

一曲目は、舞踏会の主催者ペア単独で躍るのがこの国の決まりだ。

陛下と手を重ね、会場の中心へと進んでいく。

演奏に耳を澄ませ、陛下と視線を結んで。

冬の湖を思わせる瞳に、一瞬だけ心を奪われてしまって。

「いくぞ」

滑らかな動きで、二人でワルツを踊り始めた。

音楽に動きを合わせ、くるりとターンを決める。
楽しい。
陛下のリードのおかげで、上手に気持ちよく踊れている。
ふわりとドレスが舞い髪がたなびき、シャンデリアの灯りに煌めいた。
陛下の髪も光を受け、本物の銀よりもなお輝いている。
きらきらと眩い世界で二人踊る。
陛下のリードは安心でき、自然と体を委ねられた。
半ば夢見心地で踊っていると、あっという間に一曲目が終わってしまう。
最後の一音が奏で終えられると、大きな拍手が巻き起こった。
会場のあちこちから、陛下と私の踊りを誉め称える声が聞こえてくる。
歓声にこたえ手を振っていると、陛下が傍らでぽつりと呟いた。
「こんなにも、ダンスが楽しいと思ったのは初めてだな」
「ふふ、私もとても楽しかったです」
心地よいダンスの余韻に浸り、早まる鼓動を感じながら。
私は陛下へと笑みを浮かべたのだった。

◇　◇　◇

舞踏会が始まり、グレンリードの元にエルネストがやってきた時のことだ。

「お招きにあずかり感謝しよう、グレンリード陛下。レティーシアも、一昨日ぶりだな」

「よく来てくれた、エルネスト」

歓迎の言葉を述べつつも、グレンリードは直感していた。

（こいつはやはり気に食わないな）

ウィルダム翼皇国の皇太子として優秀で、天馬騎士としても逸材であると知っている。性格こそ高慢だが、踏み越えてはならない一線は理解しているし、自らを律する誇り高い人物であるということも、先祖返りに備わる嗅覚により感じている。

が、それでも。

気に食わないものはやはり気に食わなかった。

（こいつは、レティーシアのことをずいぶんと気に入っている）

目の前で親し気に話す二人を見ていると、胸の底がじりじりと炙《あぶ》られる思いだ。

先ほど舞踏会が始まる前、レティーシアに見とれるリディウスを見た時も、同じような焦燥感をグレンリードは抱いていた。

着飾ったレティーシアは、多くの男性の視線をさらっている。

グレンリードもまた、そんな男性のうち一人なのだった。

（レティーシアは美しい容姿をしている。人々の目を惹きつけるのも当然だ）

それくらいは、グレンリードとて知っていたし納得できた。

しかし、レティーシアと親しい男性が彼女に見とれている時、グレンリードは自分の感情を抑え表情を制御するのに苦労していた。

今目の前にいるエルネストも、レティーシアに好感情を抱いている。

贈られたチョコレートの天馬に高揚しており、彼女への好意もどんどん強まっているようだ。

レティーシアを見て、薄い唇から呟きを落としている。

「おまえは本当に、驚くことばかりだ。……やはり、俺の国に欲しいな」

潜められた呟きの後半も、先祖返りで耳のいいグレンリードにははっきりと聞こえていた。

視線を向けるとエルネストが挑発するように、口角を持ち上げ笑っている。

「レティーシア、いくぞ」

「きゃっ!?」

気が付いた時には、レティーシアの手を掴み引き寄せていた。

バランスを崩した体を受け止めると、間近でレティーシアの香りを感じてしまった。

(欲しい)

どくりと心臓が脈打ち、今まで感じたことがない熱が全身を巡っていく。

レティーシアを強く欲する、飢えにも見た感情を抱いてしまう。

もし今二人きりであったら、彼女に何をしていたかわからなかった。

グレンリードは全力で自制心を働かせ、どうにか表情を動かさないよう誤魔化す。

「怪我はないか？　悪かったな」

「大丈夫です。でも、突然どうなされたのですか？」

「……もうすぐダンスの時間だ。早めに会場の中心に向かっておいた方がいい」

タイミングよく、じきにダンスの時間だった。

レティーシアの右手をそっとすくいとると、女性らしい指の細さに心が揺れ動く。

「準備はできているな？」

「えぇ、もちろんです。それが王妃としての私の役割ですから」

レティーシアの答えに、グレンリードははたと冷静さを取り戻す。

（私は何を浮かれているのだ）

レティーシアはお飾りの王妃として、今も役割を果たそうとしてくれているのだ。

彼女の働きを無駄にしないためにも、胸の思いに蓋をして、国王らしく振る舞わなければならなかった。

グレンリードはレティーシアと共に、会場の中心へと進み出ていった。

「いくぞ」

声をかけ踊り始める。

決してステップを踏み間違えないように。

レティーシアの体に負荷をかけ、怪我などさせていまわないように。

注意しつつ踊るうち、グレンリードはいつしか、レティーシア一人を見つめていた。

青いドレスが翻り、縫い付けられた粒宝石が星のように煌めく。

楽しそうに嬉しそうに。

グレンリードと呼吸を合わせ踊るレティーシア。

アメジストの瞳に見つめられると、束の間まるで時間が止まってしまったように、グレンリードには感じられた。

いつまでも続けばいいのにと願う音楽は、無情にもやがて鳴りやんでしまう。

名残惜しさを覚えながらも、グレンリードはぽつりと呟いた。

「こんなにも、ダンスが楽しいと思ったのは初めてだな」

「ふふ、私もとても楽しかったです」

かすかに上気した薔薇色の頬に、ゆるく笑みを描く柔らかそうな唇。

(触れてみたいな……)

沸き上がる衝動のまま思いを口にしないよう、グレンリードは唇を引き結んだのだった。

◇　◇　◇

ワルツを踊り終えた後、なぜか黙り込んでしまった陛下。

気になり、私は問いかけを発した。

「陛下？　今のダンスでどこか、私にミスでもありましたか？」

「……いや、違う。おまえのダンスは完璧だったぞ」

「ありがとうございます。陛下もとても、ダンスがお上手でしたわ」

「国王として、あれくらいはできないといけないからな」

「国王として、ですか……」

ほわほわと夢見心地だった頭が冷静になっていく。

陛下と踊れて、私はとても楽しかったけれど。

あの踊りも陛下にとっては、きっと国務の一環のようなものなのだ。

わかっていたことだけれど、どうしても寂しく感じてしまった。

「どうした？」

「いえ、なんでもありません。行きましょう。すぐに二曲目が始まりますわ」

笑みを作り気分を切り替える。

この国の舞踏会において、婚約者同士は最初の一曲を、既婚者は二曲目までを配偶者と踊るのが一般的な決まりだ。

音楽に合わせ、二曲目もミスなく踊り切る。

その後どうするかは参加者の自由であり、私は陛下と一旦別れ談笑へ向かった。

今日の舞踏会はこの国では最大規模で、招待客は優に百人を超えている。陛下がここのところ忙しくしていたのも、舞踏会関連に時間を取られていたからだ。

陛下は男性相手を主に、私は女性相手を主に。

二人で手分けし、主催者として社交を行っていく。

まずは近くにいた西の離宮の次期王妃候補・ナタリー様に声をかけ談笑する。互いに社交の対象、話すべき相手が多いため、短めに切り上げ次へ向かった。

次の相手と話し合えると、今度は南の離宮の次期王妃候補・フィリア様がやってきた。こちらもソツなく談笑を行い、次へ次へと向かう。忙しい。

声をかけ声をかけられを繰り返しているとやがて、東の離宮の次期王妃候補・ケイト様が近づいてくる。

「こんばんは、レティーシア様。陛下とのダンス、とても綺麗だったわよ」

かぎ尻尾を揺らしながら、歩み寄ってくるケイト様。少し前までかぎ尻尾にコンプレックスがあったようだけど、だいぶ改善しているようだ。

明るくはきはきとしたケイト様とは、まどろっこしい会話の駆け引きがなく気楽だった。

高位の貴族令嬢にしては珍しい性格のケイト様は、ある種の癒しなのだ。

流行りのお菓子やドレスなどについて盛り上がるが、あまり長く談笑を続ける余裕はなかった。

「――――では、予定を空けておきますので、また二十日ほど後にでも、ぜひうちの離宮にいらしてください。また一緒に、なにかお菓子を作りましょう」

「ええ、楽しみにしているわ。レティーシア様はこの後どうするの？」

「イ・リエナ様を探し軽く談笑しようと思います」

次期王妃候補のうち、今日まだ会話を交わしていない最後の一人だ。

現王妃である私が今日の舞踏会で、次期王妃子候補の一人とだけ、社交を行わないというのは少し厄介なことになる。

私がイ・リエナ様を軽んじ遠ざけていると、そう受け取ってしまう人もいるからだ。

あぁめんどくさい。

政治のパワーバランスを保つ利点は理解しているが、面倒なことこの上なかった。

「レティーシア様も大変ね」

ケイト様が苦笑している。

「イ・リエナ様だったらさっき、中庭へ向かったのを見かけたわ。今日は夜になっても気温が高めだから、夜風にでもあたりに行ったんじゃないかしら？」

「ありがとうございます。行ってみますね」

情報に感謝だ。

イ・リエナ様、少し前から舞踏会の会場に姿が見あたらず、困ってしまっていたのだ。

ケイト様の情報を頼りに、中庭へと歩き始める。

今日の舞踏会は大規模なため、メインの会場以外にもいくつか、参加者に開放されている場所がある。中庭もその一つだ。

メイン会場の右手奥、開けっ放しにされた掃き出し窓から中庭へ出た。

ぐるりと中庭を一周するが、狐耳《きつねみみ》をもつイ・リエナ様は見当たらない。既にどこか、別の場所へ行ってしまったのかもしれない。

「あら、レティーシア様ではありませんか」

声をかけてきたのは、ふくよかな体のニーディア伯爵夫人だった。行方不明になっていた彼女の愛犬・ジョゼの捜索に協力したことで、顔見知りになてちたのだ。

「こんばんは。イ・リエナ様を探しているのですが、どこかで見かけませんでしたか？」

「イ・リエナ様？　でしたらついさっき、あちらの方へ向かっていきましたよ」

やはり、イ・リエナ様とは入れ違いのようになっていたらしい。

ニーディア伯爵夫人が指し示したのは、疲労を感じた舞踏会の参加者が、体を休めるための部屋が用意されている方角だった。

お礼を言い、今度こそ入れ違いにならないよう、早足で進んでいったのだけど、

「おや、レティーシア様。このようなところで幸運ですな」

またもや呼び止められてしまう。

こげ茶の犬耳を持つ、ケルネル公爵だった。

「レティーシア様、先ほどのダンスはお見事でしたな。陛下との息のあったダンスには感動いたしましたよ」

「喜んでいただけ光栄ですわ」

社交用の笑みを浮かべ答えた。

ケルネル公爵家は、ヴォルフヴァルト王国が五つの小王国であった時代から、グレンリード陛下のご先祖様に仕えている名家中の名家だった。

代々お妃候補が選出されてきた四公爵家と、勝るとも劣らない家格なのだ。

公爵家の現当主であるケルネル公爵も、優秀な人物だと聞いている。先代と先々代の国王の下、文官として辣腕《らつわん》を振るい国政に身を捧げた、忠誠心の厚い獣人らしかった。

ケルネル公爵からの心証を悪くするのは避けたかったため、無理に会話を切り上げることもできず談笑することになる。

このままでは再度、イ・リエナ様と入違ってしまうかもしれない。

どうすべきかと、笑顔の裏で考えていると、

「あらあらあら、ケルネル様じゃないですの」

先ほど中庭で会った、ニーディア伯爵夫人だった。

笑顔でぐいぐいと、ケルネル公爵と私の談笑に入ってくる。

「聞きました、ケルネル様？　ついこの間、マルチス子爵家の三男が――――」

社交界の噂を、ぺらぺらと喋《しゃべ》りだすニーディア伯爵夫人。

この二人、獣人同士とはいえ家同士の関係もあり、あまり仲が良くなかったはずでは？

疑問に思っていると、ニーディア伯爵夫人と視線がかち合う。

ぱちり、と。

ウィンクを投げかけられ、私はニーディア伯爵夫人の考えを悟った。

どうやら、助け舟を出してくれたようだ。

私がまだイ・リエナ様を探している途中だと察して、ケルネル公爵の注意を引いてくれたのだ。

ニーディア伯爵夫人に感謝しつつ、私はケルネル公爵へと礼をした。

「お二人のお話を邪魔してもいけませんし、私は他へ行きますね」

「レティーシア様は気にされな――――」

「もうケルネル様！　私の話を聞いてられますか？」

ニーディア伯爵夫人の声を背中で聞きながら、足早にその場を離脱する。

向かう先は人けが少なかった。今日は良く晴れているため、室内ではなく中庭にくり出した人の方が多いらしい。休憩用に設けられた小部屋は数室あるが、ほとんどが無人のようだ。

またもや入れ違いかと危惧しつつ小部屋を見て回っていると、かすかに声が聞こえる。

聞こえてきた方向にある小部屋を覗くと、お目当ての人物がいた。

「こんばんは、イ・リエナ様。ここでどうされたのですか？」

「あらん？　レティーシア様ぁ？」

室内にいるのは、イ・リエナ様を含む三人の獣人だ。頭の上に、逆三角形の耳が立っている。尻尾の形も似ているし、おそらくは全員雪狐族だ。伴獣としてそれぞれ、二つ尾狐を連れていた。

三人の中央で長椅子に座る、イ・リエナ様は唇をかすかにゆるませ襟元をくつろげている。

衣服の隙間から覗く白い胸元。布地を押し上げる胸部が蠱惑的《こわくてき》だ。

以前会った時も妖艶《ようえん》な雰囲気の美女だったけど、今日はより色っぽさが増している気がする。

頬はうっすらと赤く上気していて、気だるげに椅子にしなだれかかる姿にはつい、女の私でもどきりとしてしまった。

イ・リエナ様は悩まし気な微笑を浮かべたままで、何を考えているか読めなかった。

「レティーシア様、失礼いたします」

部屋にいた三人のうちの一人、雪狐族らしき白い髪の少女が口を開く。私より少し年下のようで、まだあどけなさを残した、かわいらしい顔立ちをしている。

「イ・リエナお姉様は、暑さに当てられてしまったのです。ダンスの熱気の籠る舞踏会の会場にいては、お体が辛《つら》かったようです」

熱中症のような状態らしい。

妙に色っぽいなと思ってしまい悪かった。

暑さにやられ肌がほてり、汗ばんでしまっていたらしい。無口なのも単に、口を開きたくないほど、体がしんどかったからだ。

『――――灯れ。冬のひとひらよ』

魔術を使い氷を作成。

花の形をした氷を、イ・リエナ様へと手渡す。

「氷をあてれば、少し楽になるかもしれません。額に乗せるか、首筋に添えておいてください」

「恩に着るわぁ」

氷の冷気に癒されたのか、イ・リエナ様の目元が少し緩んだ。

熱中症への処置は体を冷やすことと水分補給、確か塩水が一番いいんだっけ？

手元に塩はないので諦め、魔術の氷で作ったカップに、これまた魔術で水を入れ渡した。

「生き返りますわねぇ」

白い喉をこくこくと鳴らし水を飲み終え、ほっと一息ついている。今までそれだけ、体が辛かったようだ。

今は夏とはいえ夜。私はそこまで暑さを感じないけど、イ・リエナ様は雪狐族だった。

雪狐族という名前は、雪のような白や銀色の髪を持つ者が多いこと。そして雪深い地に、根付き暮らしていることに由来している。

雪や寒さにはめっぽう強い一方、人間よりもずっと、暑さには弱いようだ。

「王都は華やかでいいけど、夏は困りものよねぇ。妾、雪狐族の中でも、暑いのが苦手な方なのよ」

イ・リエナ様はだいぶ復活してきたようだ。それとない仕草で、くつろげられていた襟元を整えている。

「雪狐族の女は、受けた恩を忘れないものよ。レティーシア様は、何を妾にお望みかしらぁ？」

「いえ、これくらいで別にいいですよ。今日はできたら早めに寝て、ゆっくり体を休めてくださいね」

まだしばらく、夏の暑さは続くはずだ。

今度うちの離宮にイ・リエナ様がやってきた時には、アイスや氷菓子を出すことにしよう。

「無欲ねぇ」

「レティーシア様は、心優しい王妃様でいらっしゃるのですね」

雪狐族の少女が、尊敬のまなざしを向けてきた。

あの程度の処置で大げさな気もするけど、褒められて悪い気はしないので喜んでおく。

「わたし、雪狐族のミ・ミルシャと申します。レティーシア様にお会いでき光栄です」

「ふふ、ありがとう。あなたはイ・リエナ様の家の、分家筋の出なのね。確か、母方の祖母が、イ・リエナ様の祖父の妹でしたわよね？」

「はい、そうです。雪狐族の方でもないのに、よくご存じですね」

「イ・リエナ様の縁者の方ですもの。勉強させていただいていますわ」

貴族間の血の繋がりの把握を疎かにしていると、落とし穴にはまってしまうかもしれない。

私は一番上のお兄様、ユリウスお兄様によって、そこらへんビシバシと教え込まれている。

この国でお飾りの王妃となると決めた時も、その経験が生きて、比較的すんなりと、主だった貴族の名前と血統図は頭に入れることができた。

ユリウスお兄様の教育、ぶっちゃけかなりのスパルタで軽くトラウマになっているけど、今は感謝しているのだった。

「レティーシア様のような方が、うちの国に嫁いでいらっしゃって嬉しいです。イ・リエナお姉様とも、仲良くされているんですよね？」

「ええ、いくどか、食事や料理を共にしたことがありますわ」

もっともその時は、お互い笑みこそ浮かべていたけれど、腹のうちはほとんど明かしていなかった。

険悪な間柄ではないが、仲良しというわけでもない。

実際はそんな関係だが、わざわざ口にするようなことでもないので黙っておく。

ミ・ミルシャ様と少しおしゃべりし、イ・リエナ様の様子をうかがった。

「お加減いかがですか？　まだ、ここから動けなさそうなら、誰か呼んできましょうか？」

「お気遣いありがたいけど、妾なら大丈夫よぉ。もう少し涼んで体調が戻ったら移動するわ」

「そうです。心配ないですよレティーシア様。イ・リエナお姉様には、ガイ・グルトお兄様もついてますから」

ミ・ミルシャ様が部屋の隅に立った、雪狐族の男性を見ている。

鍛えられた体の、長身の男性だった。

イ・リエナ様の銀の髪よりくすんだ色合いの、灰色に近い髪をうなじで一つにくくっている。

アイヌの民族衣装や着物に似た独特な衣服の上に、鎧《よろい》を身に着け佇んでいた。

「ガイ・グルトだ。普段は雪狐族の居住地で、武官として働いている。今日はミ・ミルシャの付き添いとして、舞踏会に参加していた」

無骨な声音で、自己紹介がなされた。

ヴォルフヴァルト王国の夏は社交シーズン。いつもはそれぞれの領地で暮らしている貴族たちが、揃って王都へとやってくる時期だ。

舞踏会に出席したミ・ミルシャ様とガイ・グルト様の二人は、昔馴染みであるイ・リエナ様が熱中症でふら付くのを見て、介抱《かいほう》していたらしかった。

簡潔にそう説明されたが、少し腑《ふ》に落ちないこともある。

私がこの小部屋にやってくる直前。

かすかに聞こえてきた声の内容は、穏やかなものではない気がしたのだ。何か三人の間で、口論になっていたのかもしれない。

気になりつつも、私はその場を後にすることにした。

じきに、舞踏会の閉幕の時間となる。イ・リエナ様に挨拶をするという、当初の目的は果たせた。陛下を探し合流することにしよう。

メインの会場に戻り、陛下と共に閉幕の言葉を告げる。帰っていく人々を見送ると、私も離宮から回された迎えの馬車へ向かうことにした。

ルシアンが馬車の扉に手をかけると、瞬間。

勢いよく内側から扉が開け放たれた。

「ぴよちゃん⁉」

「ぴっ！」

飛び出し突進してきたぴよちゃんを、咄嗟《とっさ》にルシアンがせき止めていた。

「なぜぴよちゃんが馬車の中に？」

「レティーシア様、申し訳ございませんでした」

御者がぺこぺこと頭を下げている。

「このくるみ鳥が、馬車に押し掛けてきて引かなかったんです。レティーシア様のお帰りの時間が迫ってきたので、やむなくここまで乗せてくることになり申し訳ございません」

「ぴきゅっ！」

御者の言葉を肯定するように、ぴよちゃんが嘴を上下に振っていた。

「もう、ぴよちゃん。私の帰宅を待ちきれなかったのね」

苦笑しつつ、飼い主として反省する。

今日私は、昼間から舞踏会の会場設営に協力していた。昨日も舞踏会前日ということで忙しく、あまりぴよちゃんに構う暇がなかったのだ。

「ごめんね、ぴよちゃん。帰ったらたっぷり魔力をあげるから、着替えるまではちょっと待っていてね？」

「……ぴ！」

ぴよちゃんは少し考えると、仕方ないなぁと言うように頷いた。

「レティーシア様は、毛玉鳥に優しすぎですよ。レティーシア様が忙しくて寂し思いをしているのは、毛玉鳥だけではないというのに……。毛玉鳥も、少しは自重を覚えたらどうですか？」

ルシアンが眉を寄せ、ぴよちゃんへ小言を言っていた。

小言を理解しているのかしていないのか、小さく首を傾げるぴよちゃんに、ルシアンはため息をついている。

「……やはり毛玉鳥は一度きっちり絞めあげ、いえ、道理を教えこんだ方がよいかもしれませんね」

ぐいぐいとぴよちゃんを馬車へと押し込みながら、ルシアンが呟いていたのだった。

# 五章　油の温度が大切です

「ごきげんようレティーシア様！　舞踏会ぶりですね。お茶会にお招きいただけ嬉しいです！」

離宮へとやってきたミ・ミルシャ様が、狐耳をピンと立て華やいだ声をあげた。

ここのところ離宮では、定期的にお茶会を開き招待客を招いている。

元を辿《たど》れば、私がケイト様とナタリー様の二人を招いたお茶会がきっかけであり、今では獣人と人間の令嬢が一緒にお茶を楽しみ縁を繋ぐ場として、参加希望者も多くなっていた。

ミ・ミルシャ様は二週間ほど前の舞踏会の一件で、私を気に入ってくれたらしい。

お茶会への参加を希望されたため、今日お招きすることになったのだ。

ちょうど今は社交シーズンということもあり、お茶会への新規参加者も増えている。今日も十数名の令嬢が、離宮へと足を運んでいた。

雪狐族であるミ・ミルシャ様は、イ・リエナ様ほどではないが暑いのが苦手らしい。庭先に出した五つのテーブルのうち、風通しのいい位置にあるテーブルに席を割り振ってある。

二つ尾狐を連れたミ・ミルシャ様が着席したのを確認し、令嬢達へお茶会の説明を始めた。

「皆様には本日、氷菓子の一種である、パフェというお菓子をお出ししたいと思います。初めて食べる方も多いかと思いますが、まずは皆さんで一緒に、テーブルの上にある紙の束をご覧になってください」

「この紙よね？　わぁ！　美味しそうな果物の絵が描かれているわ」

ミ・ミルシャ様が隣の人間の令嬢と一緒に、紙束を覗き込んでいる。

テーブルごとに一部ずつ置いてある紙束は、イラスト付きのメニュー表のようなものだ。

私の祖国もこの国も、平民の識字率は低水準に留まっている。

平民向けの飲食店には文字の記されたメニュー表はなく、店内にかけられ料理を描いた板を見るか、店員にメニューを尋ね注文をする形式だ。

貴族はお抱えの料理人に作らせるか、招待された先で用意された料理を食べることがほとんどなので、やはりメニュー表は存在していない。

私のお茶会は参加者が増えてきており、前世の知識を元にして作った、この国の人達には馴染みのないお菓子を出すことも多かった。お茶会のたびに、一からお菓子の説明をするのが大変になってきたため、メニュー表を作ることにしたのだ。

メニュー表の文章や構成は私が考え、イラストはヘイルートさんに描いてもらっている。

ヘイルートさん、画力が高くて仕事も早いし、お値段も良心的なので贔屓《ひいき》にしていた。

この前の天馬のスケッチに引き続き、依頼を受けてもらったのである。

「紙の束の五ページ目と六ページ目に、今日お出しすることができるパフェが数種類描かれています。簡単な説明も書いてありますので、その中からご希望のものをお選びください」

令嬢達がさっそく、メニュー表を見てきゃいきゃいとしている。

パフェは見た目もかわいくて、テンションあがるものね。

メニュー表のパフェはヘイルートさんの筆で、トッピングの果物も瑞々しく描かれている。見ているだけで楽しく、お腹が減ってくる出来栄えだ。

ミ・ミルシャ様もはしゃいだ様子で、両隣の参加者とメニュー表を眺めている。

これがいい、でもあっちも気になる、と。

メニュー表が会話のきっかけになり話が弾んでいるようだ。

私も同じテーブルについた令嬢と歓談しつつ、頃合いを見てルシアンに合図を送る。

離宮の使用人がテーブルを回り、令嬢達から丁寧に注文を聞いていった。

パフェは注文を元に、これから厨房でジルバートさん達に作ってもらうことになる。

食材は前もって準備されており加熱などは必要ないため、調理時間は短く抑えられた。

シャーベットに果物、砕いたクッキーなどを順番に器に入れていき、生クリームとアイスクリームをトッピングして完成だ。

器はパフェを見映え良く盛りつけられる、『整錬』で作ったガラス製になっている。

厨房から運ばれてくると日差しを弾いて、キラキラと輝きを放っていた。

「綺麗……！　それに氷菓子をこんなにたくさん贅沢《ぜいたく》に！」

見てうっとり。食べてひんやり。

ミ・ミルシャ様はさっそく、パフェの虜になっているようだ。

オレンジなど柑橘類《かんきつるい》がふんだんに使われた、爽やかな甘さが口の中に広がる一品だ。

舌の上ですっと溶けていく、オレンジアイスの甘さと冷たさ。ミ・ミルシャ様は夢中になっていて、スプーンが止まらないようだった。

「今日も美味しかったですわ」

「この離宮のお菓子は、どれも絶品ですものね」

他の令嬢達にもおおむね、パフェは高評価のようだ。

お茶会の常連になりつつある令嬢もいて、彼女達を中心に人間と獣人の隔たりを飛び越え、交友関係が築かれつつあるようだった。

和やかな雰囲気のなか、お土産のアイスクリームを渡し令嬢達を見送る。

アイスクリームを自宅でも食べてもらえるように、と。

箱は改良を重ね、すぐにはアイスクリームが溶けないようにしてある。

外側の木箱を開くと、中から現れる氷の塊。

魔術で作られた氷は一部がくぼんでいて、アイスクリームを載せた皿が入れられている。

今日くらいの気温ならおおよそ明日いっぱい、ひんやりとしたアイスクリームが食べられる計算になっていた。

一晩寝かし、明日のお楽しみにと取っておいても良し。

早めに食べ、残った氷の塊で涼を取っても良しのお土産なのだった。

「さてと、後片づけの指示を出さないとね」

念のため忘れ物などないか確認させてから、庭に広げたテーブルセットを片付けさせていく。

庭先でぴよちゃんをモフりながら見守っていると、レナードさんがやってくるのが見える。

吟遊詩人であるレナードさんには、何人か懇意にしている貴族がいるらしい。そんな貴族から王城への入場許可証を与えられているため、時々この離宮へ、ふらりと姿を現すことがあった。

「出遅れてしまい残念だ。先ほどまでここで、麗しの乙女達の集いが開かれていたんだろう？」

「ふふ、ただのお茶会ですよ」

レナードさんは職業柄か、芝居がかった言い回しをよく口にしている。そのせいかいまいち本心がわかりづらく、感情を読めないところがあった。

今もレナードさんは気まぐれにか、ぴよちゃんに向けリュートをつまびいている。

ぴよちゃんはリュートのことを、変わった鳴き声を出す生き物だとでも思っているらしい。

不思議そうな顔で、震える弦をじっと観察している。

「レナードさん、今日も離宮で弾き語りをお願いできますか？」

ぴよちゃんを撫でつつ尋ねる。

レナードさんの弾き語りは、離宮の使用人達に人気があった。

朗々と歌い上げる美声に、たれ目がちの甘く整った顔立ち。

女性の使用人の中には、レナードさんの訪れを待ちわびている人もいるのだ。

「あぁ、弾かせてもらおう。今回も料理を用意してくれるんだろう？」

レナードさんは、私や離宮の料理人が作る料理を気に入ってくれているらしい。

弾き語りの対価は金銭に加え、ちょっとした料理を出す形になっていた。

「もちろんです。サンドイッチと、それとちょうど新鮮なセロリが手に入ったので、夏野菜のセロリスープはいかがですか？」

離宮裏の畑で収穫された、庭師猫産のセロリだった。

鮮度は抜群、シャキシャキとした食感が楽しい採れたてだ。

そう思いおすすめしたのだけど、レナードさんは憂いを帯びた表情をしてしまった。

「セロリ。それは我が宿命の敵にして、机上からの駆逐を決意せし仇敵さ」

「……つまり、苦手なんですね」

わざとらしい憂い顔と無駄にシリアスな表現に、つい笑ってしまっていた。

セロリは香りが強いため、苦手な人がそれなりにいる野菜だ。特に子供は、セロリを嫌う子が多いらしかった。

「わかりました。セロリは抜きで、何か作っておきますね」

「麗しき君の慈悲に感謝だな」

わざわざ一礼をしてから、離宮の建物へと入っていくレナードさん。

「ぴっ？　ぴぴよちっ？」

レナードさんの持つリュートを追いかけるように、ぴよちゃんもついて行ったのだった。

◇　◇　◇

レナードさんに出す料理はハムとチーズのサンドイッチと鶏肉の香草焼き、夏野菜のラタトゥイユに決定した。

弾き語りが終わるまで、いつも通りなら四十分ほど。

それに合わせ出来立てを食べてもらえるよう、ジルバートさん達と手分けして作っていく。

私の担当はラタトゥイユだ。ツヤツヤしたナスにトマト、ニンニク、庭師猫が育ててくれたズッキーニ。ベーコンと貯蔵していた玉ねぎも使い、食べやすいよう角切りにしていく。

前世で夏野菜が旬で安くなっていた時、よく作り置きにして食べていた料理だ。慣れた手つきで具材を刻んでいき、オリーブオイルを引いた鍋ですり下ろしたニンニクを炒める。

香りが立ったら少し火を強め、玉ねぎとベーコンを加えた。玉ねぎがしんなりとしてきたら、残りの具材も入れざっと炒めていくのだ。

「あとは煮立せて火を弱くして、っと」

蓋をしておけば、野菜から染み出した水分によって、ほどよい水気になるはずだ。

野菜のうま味が溶け込んだ汁が全体に回り、味わいを深くしてくれる。

しばらく弱火で煮込んだら、塩コショウで味を調えていく。

「うんうん、ちょうどいいくらいかしら」

味見すると口の中でトマトが崩れ、野菜のコクと甘みが広がった。ふんだんな夏野菜の共演が、舌にも体にも嬉しい一品だった。

「レティーシア様、こちらも出来上がりました」

ジルバートさんがサンドイッチと香草焼きを持ってきてくれた。

ちょうど弾き語りが終わる頃合いだ。

盆に載せ料理を運ばせ、歌い終えたレナードさんの前に並べさせる。弾き語りは体力とカロリーを使うようで、どんどんと料理が、レナードさんの胃に収まっていった。

皿を空にし立ち上がったレナードさんを、離宮の玄関まで見送ることにする。

廊下を歩いていると、行く先の玄関の扉が叩かれた。

「あら、いらっしゃいヘイルートさん」

「……そちらさんはどちらさまで？」

開いた扉の先で、ヘイルートさんが目をぱちくりさせている。

レナードさんのことが気になっているようだ。

「吟遊詩人のレナードさんです。時々離宮に来て、弾き語りを披露してくれてるわ」

「へぇ、吟遊詩人ですか」

興味深そうに、レナードさんを見るヘイルートさん。

「ふぅん、そういうあんたは画家様かい？」

「正解です。よくわかりましたね」

「鼻はいい方なんでな。気が付かないか？　画材の匂い、体に染みついているぞ」

すれ違いざま、レナードさんがヘイルートさんの肩を叩いた。

馴れ馴れしい仕草にヘイルートさんが驚くが、すぐにへらりと笑い肩を叩き返した。

「……そうっすか。ご忠告ありがとうですね」

「感謝されるほどのことじゃないさ」

ひらひらと手を振り、レナードさんが去っていく。

「それじゃあな、レティーシア様。次に会う時までに、セロリの全てが、この世から消え去っていることを願っているぞ」

「ふふ、それは無理だと思うわ」

レナードさんに別れの挨拶を返し、ヘイルートさんの方を見た。

「ヘイルートさん、今日はこちらへどうされたんですか？」

「前話していた、オレの絵を運んできたんですよ」

「あぁ、そちらでしたか。うちの離宮に、ヘイルートさんの絵を飾るって話でしたよね？」

ヘイルートさんから提案を受けていた話だ。

私はヘイルートさんにお世話になっているし、彼はクロードお兄様の友人でもあった。

画家活動について、何か力になれることはないかと尋ねたところ、離宮の一室に絵を飾りたいと言われていたのだ。

離宮の部屋は余っているし、陛下にも問題ないと許可を得ていた。

ヘイルートさんの絵を飾り、離宮を訪れた人に見てもらう。絵を気に入ってくれた人がいたら、ヘイルートさんを紹介する手はずだ。

「持ってきたという絵はどちらに？」

「ニムルに載せてきたっすよ。な、ニムル！」

「ぎゃぎゃっ！」

名前を呼ばれ、鱗馬のニムルが扉からこちらを覗き込んできた。よく躾けられているのか、建物内には入り込もうとしないようだ。つぶらな瞳で、室内の様子を伺っていた。

「ニムルの背中の荷物は全部、ヘイルートさんの描いた絵なんですか？」

括《くく》り付けられた荷物が、こんもりと小さな山になっている。

あんなに積んで、ニムルは大丈夫なんだろうか？

「ニムルなら心配ないっすよ。馬に比べれば細っこいですが、見た目より力はあるんです。荷物の中身の結構な割合が、梱包材《こんぽうざい》代わりの古布で占められてるんで、そこまで重くもないですしね」

言いつつ、ヘイルートさんが積み荷を一つ解き開いていく。

古布の隙間から覗くのは、油彩で描かれた森の風景画のようだった。

「中の絵はこんな感じです」

「へぇ、綺麗な森の絵ですね」

ヘイルートさんは器用で、風景画に肖像画、この国では需要がある犬猫の動物画など、様々なジャンルの絵を描けるそうだ。

実力があり、仕事は早く丁寧。

ヘイルートさんは人当たりも良いから、とっくにどこかの貴族のお抱え画家になっていてもおかしくなかったが、特にそういう話を受ける気はないらしかった。生活の糧を得るためある程度の仕事はこなすが、それ以外の時間は好きなように、絵を描いていたいようだ。

「持ってきた絵は、あちらの部屋に飾っておいてください」

使用人に命じ、ニムルに載せられた荷物を一室へと運んでいく。

「荷ほどきは、ヘイルートさん一人で行いますか？」

「そうさせてもらいます。中には少し、特殊な梱包をした絵もありますからね」

「では、お任せしますね。荷ほどきが終わったら一度確認したいので、教えてもらえますか？」

「わかりました。手早く済ませちゃいますね」

ヘイルートさんは答えると、さっそく荷解きに取り掛かったのだった。

◇　◇　◇

「わぁ、壮観ですね」

二時間ほど後。

空き部屋だった一室は、ヘイルートさんの絵の展覧会場に様変わりしていた。

壁にはぎっしりと絵がかけられ、いくつもの簡易イーゼルにも絵が立てかけられている。

「どうですか？　これで問題ないっすかね？」

「ええ、大丈夫だと……」

言いかけ、部屋の隅に置かれた、布をかけられた数枚の絵が気になった。

「あの絵は飾らなくていいんですか？」

「……あー、あれはですね……」

ヘイルートさんが頭をかき、眉を下げ笑っている。

「迷って一応、持ってきてはみたんですけど……。やっぱり、すみっこの方とはいえ、王城の敷地内に立つ、離宮に飾ってもらうような絵じゃないかなって思ったんですよ。展示場をお借りする、レティーシア様の評判を傷つけるのも悪いですしね」

「……どんな絵なの？」

気になった。

画材がものすごく残酷とか性的とか、人を選ぶ絵なのだろうか？

ヘイルートさんは画家だが、どちらかといえば芸術家というより、依頼主の望み通りの絵を作成する、職人としての性質が強い画家に見えた。

そんなヘイルートさんが描いた、人に見せるのに躊躇《ちゅうちょ》する絵がなんなのか、どうしても気になってしまった。

「私が見てもいいかしら？」

「どうぞ。あんま引かないでくださいね？」

苦笑しつつ、ヘイルートさんが部屋の隅から絵を持ってきた。

布が引き払われ見えてきたのは、

「……すごい色使いね」

人は赤や黄色、背景はのっぺりとした青や水色。

描線は不安定で、けばけばしい色彩で画面全体が塗りこめられている。辛うじて人間らしき何かが描かれている、とわかる絵ではあったが、なかなかにインパクトが強かった。

目の前にあるものを見たままに、あるいは実物より美しく描くことが求められるこの世界の絵画とは、明らかに一線を画す異質さだった。

「う〜〜〜ん。あと二百年くらいしたら、認められそうな画風かも？」

「俺が生きてる間には、絶対無理ってことじゃないっすか」

「ちょっと、今の時代には早すぎると思うわ……」

前世の前衛芸術のカテゴリなら勝負できるかも？

……いや、やっぱ無理かな？　きっと芸術って、そこまで甘い世界でもないよね。

少なくともこの国では、目の前の絵画の価値は、ほぼゼロにしかならないはずだった。

しげしげと絵を見ていると、不思議な感覚に陥る。

既視感だ。この絵に似た何かを、私は見たことがあるような気がしてきた。

「どこで……？　この国に来てからじゃないし、エルトリア王国で……？」

いや、違う。きっともっと遡り、私が生まれてくる前のことだが。

日本のどこかで似たような絵、もしくは映像や写真を――

「あ……！」

思い出した。

人の肌は赤く、衣服は黄色、背景が青となるこの見え方は、

「サーモグラフィーよ！」

「へっ⁉」

既視感の正体が判明し、つい叫んでしまっていた。

私の叫び声に、ヘイルートさんがぽかんとしていた。

「さーもぐら……？　いきなり何ですか、それ？」

「熱よ。この絵は熱の分布図を、視覚的に表現しているんでしょう？」

「っ⁉」

ヘイルートさんが目を見開いている。

当たりだろうか？

この世界でも一般的に、温かい、暑いといったイメージには赤色を。

冷たい、寒いといったイメージには青色を連想する人が多かった。

その連想を元にヘイルートさんは、熱を視覚化して絵に描いてみたのかもしれない。

「もしかしてヘイルートさんの目には、人や物の持つ熱の高低が見えているのかしら？」

ヘイルートさんの目には、他人とは違う世界が映っているのかもしれない。

その一端が、この絵画に現れているのだ。

人間の目の機能、見え方というのは、実は人により結構違っているらしい。

脳みその認識機能による差異、とか、確か前世ではそんな風に言われていたはずだ。

「熱を見る……。そんなこと、本気で言ってるんですか？」

「違うの？　そう考えると、この絵について、すっきり説明がつくのよね」

熱を見る瞳。

とんでもな発想だけど、ありえないとは言い切れないはずだ。

この世界には魔力が存在し、様々な不思議な現象を引きおこす源になっている。

魔力が存在しなかった前世にさえ、数字に色が見えるとか、音に匂いを感じるとか、他人とは異なる感覚の持ち主の存在が確認されていた。

ならば、人間が魔力を宿すこの世界になら。

見たものの熱がわかる。そんな瞳を持つ人間がいてもおかしくないのかもしれない。

与太話として一蹴されかねない仮説だけど、現に今こうして、サーモグラフィーそっくりの絵画が存在しているのだ。絵画の作成者であるヘイルートさんが、熱を見る瞳を持っていると仮定しても、矛盾は生じないはずだった。

「ヘイルートさんには今も、私の肌と髪の温度の違いなんかが、はっきりと見えているんじゃないかしら？」

再度の私の問いかけに対して。

ヘイルートさんが長く長く、息を吐き出していた。

「……正解です。まさか、オレの瞳の特徴に気がつく人間がまた現れるなんて、びっくりしてしまいましたよ」

私の推測は当たっていたらしい。

ヘイルートさんがぱちぱちと拍手をしている。

「いやぁ、すごいっすね、レティーシア様、鋭すぎやしませんか？　まさかあの絵を見ただけで正解にたどり着くなんて驚きです。どんな風にして、正解に思い至ったんすか？」

「……ただの勘よ」

前世の記憶のおかげ、と言うわけにもいかないので、全ては勘のおかげということにしておく。

しかしヘイルートさんは、簡単には誤魔化されてくれないようだ。

「いやいや勘って、それはないでしょうよ。勘だけで、これだけ正確に当てられるもんじゃないと思いますよ？」

「そう言われても困るわ……。実際に勘でしかないんだもの。あてずっぽうに言ってみたら、たまたま正解してしまっただけよ」

「あてずっぽう……。本当ですか？」

「本当よ本当。ヘイルートさんだってついさっき『オレの瞳の特徴に気が付く人間がまた現れるなんて』と言ってたじゃない。『また』ってことは私以外に少なくとも一人、正解にたどり着いた人がいるってことでしょう？　なら私が偶然、正解を言い当ててもおかしくないはずよ」

「いや、その理屈はおかしいような……？」

ヘイルートさんはなかなか納得してくれないようだ。

誤魔化し有耶無耶にするために、話題を逸《そ》らすことにする。

「ちなみに、私の他にヘイルートさんの目の見え方に気がついたのは、どんな人だったの？」

「……クロード様ですよ」

「へっ？」

素で驚いてしまった。

ヘイルートさんが口にしたのは、私の三番目のお兄様の名前だ。

話題を逸らしたつもりが、あまり逸らせていなかったらしい。

「この国に来て、俺はクロード様と知り合い友人になりました。そのクロード様も、オレのこの瞳の異質さを、言い当てていたんですよね」

「……そうだったんですね」

ヘイルートさんの言葉に頷く。嘘を言っているようには感じないし、まるきり納得できない話でもなかった。

五つ年上のクロードお兄様は、とんでもなく勘が鋭いことがある。

私と違い前世の記憶なんてなく、当然サーモグラフィーも知らないはずだけど、クロードお兄様なら知らずとも、正解にたどり着けるかもしれない。

「クロードお兄様、妹の私から見ても時々、意味不明なぐらい頭の回転がぶっとんでますからね」

「クロード様、散々な言われようっすね。まぁ、オレも否定しませんが」

ヘイルートさんが苦笑している。

ため息をつくと、ちらとこちらを見つめた。

「それでレティーシア様は、どうなさるつもりですか？」

「何をですか？」

「オレのこの瞳についてですよ。異質さをバラされたくなければ口止め料を払えとか、なんかあるんじゃないっすか？」

「ないですよ？」

ヘイルートさんの言わんとすることはよくわからなかった。

確かに、私はヘイルートさんの瞳の異質さに気がついたけど、それでどうということもないはずだ。バラしたところで私に利益も不利益もないわけで、口止め料うんぬんの脅しをするつもりはさらさらない。

しかしヘイルートさんは納得できないのか、探るような目でこちらを見ていた。

「本当に何もないんすか？　変な瞳で気持ち悪いから近づかないでほしい、とか。何か利用してやろうとか、そうは思わないんですか？」

「別に、気持ち悪くは思わないけど……。そうね、利用、ね……」

一つ思いついたことがあった。

断られるかもしれないが、一つお願いしてみよう。

「ヘイルートさんが良ければ、料理に協力してもらえませんか？」

「……料理？」

ヘイルートさんはぽかんとしている。

私の提案が、完全なる予想外だったのかもしれない。

「そう、料理です。揚げ物作りを手伝ってもらえませんか？」

「あげもの、とは一体……？」

相変わらず、腑に落ちないといった表情のヘイルートさん。

あ、そっか。揚げ物が何か、そこから説明しなくてはわからなくて当然だった。

この辺りにも食用の油は存在しているけど、もっぱら炒め物に使う用だ。

それなりのお値段がする食用油を大量に使用する、揚げ物は普及していないようだった。

「口のみで説明するより、実際に見てもらった方がたぶん早いと思います。ヘイルートさん、厨房へ来てもらえませんか？」

◇◇◇

「これが揚げ物、ですか……？」

厨房にて、ヘイルートさんが戸惑っていた。

視線の先には焦げ茶色に変色した、豚肉の慣れの果てが皿にのっかっている。

「正確には、揚げ物の失敗作です。揚げすぎて、火が通りすぎ焦げてしまっています」

加熱が足りない肉は、食中毒を引きおこす可能性があった。肉が生のままなのを避けるため、揚げすぎになってしまいがちなのだ。

「揚げ物で大切なのは、油の温度なんです。どれくらいの高温か、普通見ただけではわからないでしょう？」

「だから、俺の出番ってわけですか？」

ヘイルートさんの言葉に頷く。油の温度を測るやり方はいくつか知っているが、今のところどれもムラが大きく実用は難しかった。

油の中に入れたパン粉の広がり具合で、温度を測定する方法は失敗。菜箸の代用で濡らした木の棒を使い、油に入れた際の反応で温度を測る方法も失敗続きだ。

やり方が悪いせいか、油の種類が前世でよく使っていたものとは違うせいか。

どちらかはわからないし、他にも原因があるのかもしれない。

油の温度がわからないままでは、揚げ具合は運任せになってしまう。数回に一度しか成功しないのでは、大量の油が無駄になってしまうのだ。

「値段の張る食用油がもったいなくて、成功の見通しが立たない揚げ物の練習は中止していたんです。……でも、ヘイルートさんが協力してくれれば、上手く揚げられるようになるかもしれません」

やり方は簡単だ。

まず何度か、ヘイルートさんに油の温度を見てもらった状態で揚げ物をしていき、それぞれの回の油の温度を記憶しておいてもらう。

それらのうち、ちょうどよい揚げ具合だったものの油と同じ温度になるように。ヘイルートさんに油の温度を見てもらいながら、火加減を調節していけばいい。

温度がわかるヘイルートさんの指示に従えば、失敗回数はぐっと減らせるはずだった。

それに何度も正しい温度の油を扱っていれば、いずれ熱を見る目を持つヘイルートさんでなくても、五感を使い正しい温度を見極めることができるようになるはずだ。

……というような説明をして、さっそく実験してみることにする。

「ヘイルートさんが頼りです。お願いしますね」

頼みの綱の、ヘイルートさんを見上げた。

一度は諦めた揚げ物作の練習だけど、ヘイルートさんのおかげでがぜんやる気が湧いてきた。

トンカツに天ぷら、エビフライに唐揚げ。甘いドーナッツだって揚げ物だ。

あれもこれも、もう一度食べてみたい揚げ物がたくさんある。

やる気は十分。

気合を入れると、油の注がれた鍋を見据えた。

「はいはい、わかりましたよっと。上手に揚げ物ができるようになったら、オレにも食わしてくださいね？」

「もちろんです！　ぜひヘイルートさんにも、揚げ物の素晴らしさを知ってほしいです！」

断言し約束すると、さっそく油の加熱を始める。


――この挑戦が、美味しい揚げ物生活に繋がることを信じて。

私はひたすら、ヘイルートさんと揚げ物に励んだのだった。

◇◇◇

じゅうじゅうと鳴る油の音が、ヘイルートの耳にこびりついて離れなくなった頃。

「できたっ……！」

レティーシアが歓声をあげた。

菜箸もどき、という名の二本一組の調理器具の先端で、油から引き出した揚げ物を掴んでいる。

「この見事な狐色っ……！　どこからどう見ても立派な、正真正銘のトンカツよっ‼」

レティーシアはやたら上機嫌だった。

よほどトンカツに思い入れがあるのか、うっとりとした表情で瞳を潤ませ、菜箸もどきの先端を見つめている。凝視する対象が揚げ物であることを無視すれば、とても麗しい横顔だった。

(顔立ちは、文句なしの美少女なんですがね……)

間近で接してみると、大きく印象の変わる相手だった。

今も目の前で、町娘のような屈託のない笑顔を浮かべているレティーシア。

ざくざくとトンカツを切ると、衣の中の様子を確認していた。

「中までちゃんと火が通ってるわ。過不足なく上手に揚がってます。最適な油の状態を見極めるコツ、掴めました！　ヘイルートさんの協力のおかげです！」

感謝を込め、まっすぐに見上げてくるアメジストの瞳。

レティーシアへの恋愛感情を持たないヘイルートであっても、つい見とれてしまいそうだ。

(あ～～。こりゃグレンリード陛下が落ちるのもわかりますね。破壊力抜群ですよ)

レティーシア本人はきっと、自分のやりたいようにやっているだけだ。

しかし極上の容姿と、王妃として振る舞う姿との落差もあって、見る者の心を奪っていくのだということが、ヘイルートにも実感できた。

そしてレティーシアの兄である、クロードの言葉を思い出す。

『うちの四人兄弟で、貴族として一番優秀なのは長男のユリウス兄上で、一番強いのは次男のベルナルト兄上。そして末っ子のレティーシアが、一番の大物なんだよ』

聞いた当初は、妹をかわいがるクロードの贔屓発言かと思っていたけれど。

レティーシアと過ごすうちわかってきた。

彼女には多くの人の心を、惹きつけ動かす力が宿っているのだ。

(確かに、間違いなく大物ですね。オレの瞳の異質さを知っても、全くビビってなかったですし)

昔ヘイルートは、自分と同じような瞳の持ち主がいないかと、自らの瞳の秘密を、他人に教えたことがある。その結果は、苦い思いと共に記憶へと刻まれているのだ。

ほとんどの人間はヘイルートの瞳を気味が悪いと言って逃げ、逃げなかった人間はヘイルートの瞳を、ろくでもないことに利用しようともくろむ者ばかりだった。

（レティーシア様、まさかオレの瞳を料理のために使いたんなんて、完全に予想外でしたよ）

筋金入りの料理好きだ。

こと食に関して、レティーシアは前向きでやる気に満ち満ちている。

以前、天馬型のチョコレート作りに挑んでいた時だって、呆れるほど情熱的だったのだ。

（ま、そのおかげで、エルネスト殿下にも気に入られたみたいですがね）

あの天馬型のチョコレートのおかげもあって、テオドールのせいで険悪になりかけていた両国の関係が、ぐっと改善することになったのだ。

お飾りの王妃としては十分すぎるほどに、レティーシアはこの国に貢献していた。

離宮の使用人達にも愛されているようで、料理人と仲良くトンカツを盛り付けている。

「完成よ！　ヘイルートさん、食べてみてください！」

ヘイルートが座ると、千切りのキャベツの添えられたトンカツの皿が置かれる。

初めて食べる料理だが、見た目や匂いは十分魅力的だ。

「私のおすすめは、このソースをかけた食べ方よ。いつかこんな日が来るかもと、揚げ物用のソースのレシピを開発しておいたのよ」

「へぇ、揚げ物用の。使ってみるっすね」

渡されたソースは、とろりと粘度の高い黒色をしている。

試しにトンカツにかけ、ヘイルートは口へと運んだ。

「……！」

噛みしめると、さくり、と。表面の衣が砕けて、心地よい音を奏でた。

さくさく、さくさく。

衣の向こうには柔らかな肉が待っていて、噛みしめると肉汁が染み出す。

ソースは甘辛く濃厚で、それでいて果物が配合されているおかげか、後味は爽やかだった。

「この味は……！　癖になりますね……！」

気が付けばヘイルートは呟いていた。

美味しい。

二切れ目三切れ目と、あっという間に食べ進めていく。

レティーシアが情熱を注いだ料理だけあり、トンカツはとても美味しかった。

「お口に合ってよかったです。もう一個、上手く揚がったのがあるので、お代わりしていきますか？」

「オレがもらっちゃっていいんですか？」

「どうぞどうぞ。ヘイルートさんは揚げ物の恩人ですから」

追加で運ばれてくるトンカツ。

せっかく進められたお代わりなので遠慮なく、ヘイルートが腹へと収めようとしたところで、

（この気配は……）

覚えのある、あまり歓迎はできない相手だ。

ヘイルートの感知から数秒後、厨房へとレナードがやってきた。

「やぁ。今日は、画家様もきてるんだな」

「お久しぶりっす」

軽く挨拶を交わしながら。

互いにしかわからない一瞬、ヘイルートとレナードの視線が交差した。

（あいかわらず食わせ物ですね）

ヘイルートの持つ特殊な目のおかげもあり、一目見て相手に裏があることには気がついていた。

向こうも、ヘイルートがただの画家ではないと勘づいている。

初対面時のすれ違いざま、レナードはヘイルートの肩を叩いていた。第三者からは、ただの馴れ馴れしい仕草に映っていただろうが、あれはむしろ一種の警告であり『忠告』だ。

軽く肩に触れただけに見えた手は、その実かなりの力がこめられていた。

なのでヘイルートも、相手の肩を軽く叩き返すフリをして、実は強くレナードの肩を叩いていた。それに対して、レナードは予想していたようで、動揺を一切見せていないのだ。

どう考えても、ただの吟遊詩人ではありえなかった。

（オレもそしてレナードも、相手が後ろ暗い事情を持つ身なのは勘づいている。だからこそ、もしそのことをオレが指摘し公にしたりすれば、報復でこちらのこともバラされるだろうな）

だからこそヘイルートは動くことなく、傍観に徹しているのだ。

レティーシアが今後、レナードにどう対応していくのか。

ヘイルートは気にかけつつ、周囲の情報を集めているのだった。

## 六章　苦手な料理はあるものです

「だいぶ涼しくなってきたわね」

離宮の裏庭、植えられた木の幹を背に、私は座っていた。

ヴォルフヴァルト王国の夏は短い。昨日今日は昼間でも少し肌寒いほどで、私も夏用の薄手のドレスの上に、モスグリーンのカーディガンを羽織っていた。

お体が冷えては大変です、と。ルシアンが持ってきてくれたのだ。

「気がつけばもう秋、って感じよね」

「この夏はエルネスト殿下の件もあり、いささか慌ただしかったですからね」

ルシアンが言うように、気がつけばあっという間に、短い夏は過ぎ去ってしまっていた。

狼番が世話をする狼達も、今では春と同じ日中に、散歩を行うようになっている。

もう間もなく、離宮の裏庭にやってくる時刻だ。

裏庭に面した森、葉を茂らせた灌木《かんぼく》ががさがさと音を鳴らす。

お待ちかねの、狼達がやってきたのだ。

「わふっ！」

最初に飛び出してきたのは、今年の春に生まれたテラだ。

半年弱ですっかりと大きくなり、ここ一月ほどで特に、顔立ちが精悍《せいかん》さを増していた。マズルが伸び顔全体が細長くシャープな印象の、大人の狼になりつつあるのだ。

「でも、中身はまだまだ甘えん坊ね？」

「きゅふふっ！」

テラの頭を撫でてやると、ちぎれんばかりに尻尾を振っている。

きゅんきゅんと喉から、甘え鳴きを漏らしているテラ。体つきは立派になっても、まだまだ中身は子供だ。うりうりと頭を撫でていると、ふと異変に気がつく。

いつもならここで、ジェナや人懐っこい子が次々に寄ってくるはずだった。

なのに今日はテラ以外、こちらに近づくことなく立ったままだ。

どうしたのだろうと思っていると、獣道を通り狼番のエドガーがやってきた。

「エドガー、今日の狼達、少し様子が変じゃないかしら？」

私の言葉に、エドガーが狼達を見回した。

「あぁ、それでしたらきっと――」

「ぐうっ」

森から響く、低い狼の鳴き声。

狼達が一斉に頭を下げ、王を迎え入れるようにしている。

「ぐー様……」

久しぶりに見る、銀狼の姿のグレンリード陛下だ。

こちらの姿でお会いするのは、初夏に魔術局関連の事件で行動を共にした時以来だろうか？

　ぐー様の正体がグレンリード陛下であると知ってしまったから、もう銀狼の姿では、会いに来ることはないだろうと思っていた。

　久しぶりの訪問に、しかし狼達はぐー様への敬意を忘れていなかったようだ。しずしずと道を空け、ぐー様の歩みを邪魔しないようにしている。

「ぐるっぐぅ！」

『こちらの姿では久しいな』と言うように。

　鳴き声をあげ、ぐー様が横にやってくる。

「なぜ、今日はこちらにいらしたのですか？」

　つい敬語になってしまう。

　正体を知った今、さすがに以前のように、他の狼達と同じように接することは難しそうだ。

『この王城の主である私が、どこに歩みを向けようが自由だろう？』とでも言うように、ふんと鼻を鳴らすぐー様。

　よくわからないが偶然などではなく自分の意志で、銀狼の姿となりこちらへやってきたようだ。

「変なぐー様」

　くすりと笑ってしまう。

　どちらの姿であれ、陛下が会いにきてくれたのは嬉しかった。

『おまえはまた、いきなり何を笑っているのだ？』と、怪訝そうな表情を浮かべるぐー様に、またもや笑みが込み上げてくる。

「ぐー様、こちらの姿の時の方が、人間の時より表情豊かですよね？」

「ぐぅぅ……！」

「ほら、そうやってすぐ不機嫌そうな顔をし――あいたたたたっ!?」

「がるっぐう‼」

人間の言葉を喋れない代わりにぐー様が、ごんごんと頭をぶつけ抗議してくる。

そうだ。ぐー様は結構、すぐに手が出るタイプだった。

確か、この姿は人間の姿の時より、感情の制御が利きにくいと言っていた。

意外と素の陛下は、怒りっぽい性格なのだろうか？

たまにはこうして、ぐー様の姿で気ままに振る舞う方が、ストレス解消に良いのかもしれない。

「ぐぅうぅぅ……」

『おまえ、また何か失礼なことを考えていないか？』とでも言いたげに、半目になっているぐー様。一つため息をつくと、私の横にぼすりと腰を下ろした。

「……ぐぅ？」

首を傾げ、ぐー様がこちらを見上げてくる。

青みがかった碧の瞳は、どこか不満げな色をしていた。

「えぇっと、何でしょうか？　何か気になることでも？」

「……ぐっ」

聞き返すと、ぷいと視線を逸らされてしまった。私に不満がある割には、離れていくわけでもないのが謎だ。疑問符を脳内に浮かべていると、エドガーが声をかけてきた。

「ぐー様、すねてるんじゃないでしょうか？」

「すねる？　どうして？」

「だってレティーシア様、まだ今日は一度も、ぐー様を撫でていないじゃないですか」

「あ……」

エドガーの指摘に、ぐー様の尻尾が一瞬びくりと止まった。

図星だったのかもしれない。

「ぐぅあぅぅぅぅうう？」

「ひっ⁉」

不機嫌さも露《あらわ》なぐー様のうなり声に、エドガーが身をすくませた。

「……ぐー様、八つ当たりは良くないと思います」

苦笑し、そっとぐー様へと手を伸ばす。

「失礼しますね」

一言告げ、背中をゆっくりと撫でていく。

換毛期のないぐー様は、晩夏の今でもフワフワのもふもふだ。

指の間を銀色の毛が滑っていき、ぐー様が瞳を細めている。

人間の姿の時には、数えられるほどしか陛下の体に触れたことはなかったのに。

ぐー様の姿の時は、私に撫でられるのを受け入れ、心地よく思ってくれているようだ。

……撫でていてやっぱり、少し恥ずかしくはなってしまうけれど。

多忙でお疲れの陛下を癒すためと自分に言い聞かせ、私はぐー様を撫でていった。

「へくしゅんっ！」

風が吹き体が冷えた。いよいよ本格的に、気温が下がってきたのかもしれない。

体を小さく震わせていると、ふわり、と。

銀色の尻尾がマフラーのように、私の首へとかけられていた。

「ぐー様……」

優しい。

ボリュームのある毛並みが、首元を風から守ってくれていた。

「がるぐぅ」

「ふふ、ありがとうございます。王妃の私に、風邪をひかれては困ってしまいますものね」

私のお礼の言葉に対して、感謝されるほどのことではない、とばかりに鳴くぐー様。

そっぽを向きつつも、マフラー代わりの尻尾を外しはしないのが、ぐー様なりの優しさだった。

お返しに撫でていると、やにわにぐー様が、尻尾を外し立ち上がった。

「ぐー様？」

「ぐるぅぅぅぅぅ」

空を睨みうなり声をあげるぐー様。

やがて風を叩く音と共に、天馬に乗ったエルネスト殿下がやってきた。

「こんにちは、エルネスト殿下。どうなさったのですか？」

今日はエルネスト殿下から、フォンの上手な飛ばせ方を教えてもらう日ではないはずだ。

天馬を着陸させると、マントを翻し鞍から降りてきた。

「別れの挨拶に来てやった。五日後、俺達はこの国を出ることになった。これから、出立の準備で忙しくなるからな」

「急な話ですね。確か出立は、二十日ほど後の予定だったはずでは？」

「今年は秋の訪れが早い。のん気にしていては、ジルベリア山脈を越えられなくなるからな」

「なるほど。道理で今日、肌寒さを感じたわけですね」

私の気のせいではなく、今年は秋が来るのが早いらしい。

自由に空を舞う天馬と言えど、嵐の中を突っ切るのは無謀だ。

ジルベリア山脈は、ヴォルフヴァルト王国とウィルダム翼皇国の間に横たわり、国境線にもなっている山脈だ。毎年、秋の半ばから初冬にかけては、ジルベリア山脈周辺を強風が吹き荒れると聞いている。王都からの出立が遅れれば、一月以上の足止めを食らってしまうのだ。

「シルファとも、もうお別れなのね」

エルネスト殿下の愛馬シルファは、真っ白な毛並みの美しい天馬だ。

首元を優しく、名残惜しさを感じながら撫でていく。

シルファも別れを理解しているのか、長いまつ毛を伏せ気味にしていた。

「この短い間で、ずいぶんと懐かせたものだな。誉めてやろう」

「ふふ、ありがとうございます。エルネスト殿下が、許可を出してくれたからですわ」

　通常、天馬騎士は滅多に、自分の愛馬を他人に触れさせなかった。私の場合は、チョコレートのシルファを気に入ったエルネスト殿下が、特例として触らせてくれたのだ。

　おかげでエルネスト殿下がやってくるたび、シルファと触れ合うことができ、こうして仲良くなれたのだった。

「シルファと会えなくなって、寂しくなってしまいますね」

「そんなにシルファのことが気に入ったのか？　ならばいずれ、おまえの方が俺の国、っ⁉」

「がうっ！」

　私とエルネスト殿下の間へ、ぐー様が割り込んできた。

　喉からは唸《うな》り声があがり、不機嫌そうに尻尾を揺らめかしている。

　陛下はどこか、エルネスト殿下を好いていない様子があった。人間の姿の時はそれでも、失礼な態度にならないよう振る舞っていたけど、ぐー様の姿では我慢が利かないのかもしれない。

「何だこの駄犬は？　王城の中に、野良犬が迷い込んできたのか？」

「ぐぁあんっ⁉」

　エルネスト殿下の悪態に、ぐー様が負けじと吠え返す。

　一色即発。

　まさかの形での一国の王と皇太子の直接対決に、頭が痛くなってしまう。

「ぐー様、落ち着いて、落ち着いて。エルネスト殿下も、どうか冷静になってください」

「先に吠え掛かってきたのはそいつだ。駄犬には、躾けを施さなければならないだろう」

「がるあっ！」

『誰が駄犬だ！』とばかりに、ぐー様が吠え掛かっている。

大きな狼の姿をしたぐー様に吠えられ唸られてなお、エルネスト殿下はまるで怯えた様子もなく挑発を続けている。強い。とても図太かった。

かわいそうなのはシルファや他の狼達で、ぷるぷるがたがたと震えてしまっている。完全なる巻き込まれ事故だった。

どう収集をつけようか悩んでいると、

「……がう……？」

ふいにぐー様が体を強張らせ、唸り声をだすのも止めていた。

エルネスト殿下から視線を引きはがし、離宮の門の方へと鼻先を向けている。

「ぐー様、どうかしたんですか？」

私の問いかけに応えることなく、ぐー様は走り出した。

みるみる加速し、あっという間に木々と草むらに阻まれ見えなくなってしまう。

「……？」

何か、急を要する公務でも思い出されたのだろうか？

首を捻っているとやがて、離宮の門の方からレナードさんが歩いてきた。

「レナードさん、ごきげんよう。こちらに来る途中で、銀色の狼に何かされませんでしたか？」

「狼？　見ていないぞ。それとも君を狙う男を、狼にたとえて言っているのかな？　そう、例えばそこの黒髪の皇子様は、立派な狼だろうね」

皇太子であるエルネスト殿下を前にしても、レナードさんはいつも通りの調子だ。いっそ感心してしまう。

「ほざけ。俺を駄犬などにたとえるな。よく回る口が死因になることもあると、その身で学ばせてやろうか？」

狼呼ばわりに、エルネスト殿下はカチンと来たようだ。先ほど、ぐー様と険悪な雰囲気になっていたせいか、狼全体が嫌いになったのかもしれない。

「ぐー様がちょっと変わっているだけで、狼はいい子が多いですよ」

苦笑しつつ私は言うと、狼のフォローをしておいたのだった。

◇　◇　◇

ぐー様にエルネスト殿下、レナードさんとたくさんの来訪者が離宮にやってきた日の翌日。

予想外の知らせに、私は早朝から叩き起こされることになった。

「元天馬騎士のテオドールが、天馬に乗り逃げ出した……？」

騒動の中心は、私が決闘で打ち負かした相手だった。

決闘の後、元同僚の天馬騎士達に軟禁されていたはずのテオドールが、隙をつき愛馬だった天馬に乗り逃げ出したようだ。

「後先を考えてなさすぎでしょう……」

「それは間違いない。だが奴にとっては、あのまま国に連れ戻されるのは、到底耐えられなかったようだ。天馬騎士としても一人の男としても、嘲笑を受けるようになってしまったからな」

私の呟きに答えたのは、離宮へやってきたエルネスト殿下だった。

逃亡中のテオドールが、私に逆恨みを抱いているのは明らかだ。恨みを晴らすべく、もしかしたら襲撃があるかもと、エルネスト殿下が注意喚起と事情説明にやってきてくれたのだった。

「テオドールの逃走先に、心当たりはありませんか？」

「いくつかあり、既に捜索させているが、現時点では芳しい手ごたえはないようだ。逃走はおそらく、テオドール一人の力によるものではない。協力者が、間違いなくこの国の人間にもいるはずだからな」

「……でしょうね。土地勘もなく知り合いもいないテオドール一人の逃走なら、今頃とっくに捕まっているでしょうし」

悩ましいところだ。

最悪、テオドール逃走の手引きをした人間の方が重罪に問われ、こちらの国が責められる立場になるかもしれない。天馬はウィルダム翼皇国の宝だ。天馬騎士は天馬の御し方や運用方法など、軍事上の機密情報を大量に知っている。もしテオドールが天馬ごと逃げおおせた場合、ウィルダム翼皇国はかなりの痛手を受けることになるのだ。

「天馬について一番詳しいのは俺達天馬騎士団だ。テオドールの向かいそうな場所を、今も空から捜索している。そちらも何か、有力な情報が掴めたら連絡を入れろ」

「わかりました。エルネスト殿下もお気をつけてください」

天馬のシルファにまたがり飛び立つ姿を見送る。

何はともあれ、まずは情報を集める必要があった。

国内の怪しい人間を、どう洗い出そうかと考えていたところ。

雪狐族のミ・ミルシャ様こそがテオドール逃走の共犯者だと、知らせが回ってきたのだった。

◇◇◇

ミ・ミルシャ様を捕えたのは、ケルネル公爵のようだった。

耳が早いケルネル公爵はテオドール逃走を知り、公爵家配下の人間を動かし捜索を行っていたらしい。テオドールの潜伏先と思われる場所を捜索したところ、ミ・ミルシャ様が近くをうろついているのを発見。不審に思い問いただした結果、テオドール逃走に協力したと白状したそうだ。

……自白のみを根拠にした捕縛って、ちょっと強引じゃないだろうか？

にも拘わらず、ミ・ミルシャ様の捕縛がこの国の人々に受け入れられているのは、それだけケルネル公爵がこの国に長年尽くしてきたからだ。

あのケルネル公爵であれば、まず間違った判断はしないだろう、と。長年の実績により信頼されているようだ。

加えてミ・ミルシャ様本人が完全に罪を認めているため、表立って異を唱える人間はいないらしい。あとはいかにミ・ミルシャ様から情報を引き出し、テオドールを追い詰めるかという段階になっているようだ。

「でも、腑に落ちないことも多いのよね」

馬車の中呟く。お尻の下から、ガラガラと車輪が地面を進む振動が伝わってきた。

私の行き先は、ミ・ミルシャ様の捕えられた牢獄。今ならまだ、王妃である私の名前を出せば、監視付きとはいえミ・ミルシャ様と会話が可能だった。

これは私の直感だけど、ミ・ミルシャ様はこのような、たいそれた罪は犯さないはずだ。

直感が思い違いならいいけど、もし当たっていた場合がまずかった。ミ・ミルシャ様をいくら尋問したところで有用な情報は得られず、テオドールが逃げおおせてしまうかもしれない。

到着した牢獄の中、ずらりと並んだ独房の一つに、ミ・ミルシャ様が縮こまり座っていた。

独房の並ぶ区画への出入り口、脱獄するならば必ず通らなければならない要所で、監視官ががっしりと睨みを利かしている。ミ・ミルシャ様の独房とは十メートルと離れていないし、監視官は耳を澄ませている。ミ・ミルシャ様と小声でやり取りしても、すぐバレてしまうはずだ。

「ミ・ミルシャ様。レティーシアです。お話を聞かせてもらえませんか？」

「……レティーシア様？」

ミ・ミルシャ様がゆるゆると頭を上げる。が、監視官の姿を認めた途端、すぐにまた顔を伏せてしまった。

……怪しい。

本当に自分の意志で自白をし捕えられたにしては、少し態度が不自然な気がする。

ちらと背後の監視官の様子を伺い、こっそりと魔術を発動。

魔術式励起の光は、監視官から死角になる場所で放ったから、バレてはいないはずだ。

この国は魔術師の人口が少ないこともあり、魔術師への対策がザルだ。魔術師人口が多く、必然魔術師への対策も洗練されていた祖国エルトリア王国では、まずうまくいかないやり方だった。

次に陛下にお会いした時、魔術師対策を進めるよう、こちらから申し上げることにしよう。

「ミ・ミルシャ様。大丈夫です。今なら何を話しても、監視官には聞かれませんよ」

「……へ？　そんな都合のいいこと……」

「あります。魔術です。室内の空気の動きを操って、声が漏れないようにしているんです。その証拠に今だって、監視官はこちらを咎めようとはしないでしょう？」

「あ……」

ミ・ミルシャ様にも理解できたようだ。

体を震わせ、今にも泣きだしそうな顔をした。

「遮断できるのは音だけなので、あまり大きな動きはしないでください。そして音を遮断された監視官は、私達が無言で向き合っているように認識しています。私達の相対が長引けば不審がられるので、話は手短にお願いします」

「は、はいっ……」

ミ・ミルシャ様は反射的に頷こうとして取りやめ、必死に考えを巡らせ始めたようだ。

「……私、伴獣の二つ尾狐を人質に取られて、嘘の自白を強要されたんです」

「どうやって二つ尾狐を人質に取られたの？」

「わかりません。気絶させられ、意識がない間に、この独房へ入れられていたんです」

強引に誘拐され自白を強要させられてしまった。そこまでは予想できていたけど……。

だとしてもそんなあっさり、向こうの思惑通り、自白を行うものだろうかと少し気にかかった。

「残酷なことだけど、あなたが自白をしても、二つ尾狐が戻ってくるとは限らないわ。なのにどうしてこんなに早く、嘘の自白をすると決めてしまったの？」

「……イ・リエナ様のためです」

「イ・リエナ様の？　それはどういう――」

言い差し、私は口をつぐんだ。監視官が、訝《いぶか》し気な表情でこちらを見ている。

タイムリミット。長く喋りすぎてしまっていたらしい。

「ごめんなさい。私はもう行くわ」

「あ、待って――」

遮音魔術を打ち消す魔術を行使し、何ごともなかったように独房に背を向ける。

ミ・ミルシャ様とは一言も会話することができなかった、と。

そう誤魔化して、私は独房の設けられた建物から出ていった。

ルシアンと合流し馬車に乗り込み、御者へと次の行先を指示する。

「北の離宮、イ・リエナ様の元へ向かってちょうだい」

遮音魔術が切れる寸前、ミ・ミルシャ様が言っていたのだ。

『イ・リエナ様を頼り二つ尾狐に協力してもらってください』、と。

時間切れで詳しい話は聞けなかったので、まずはイ・リエナ様の元へ急ぐことにした。

「……でも、ミ・ミルシャ様はなぜ、二つ尾狐についても言っていたのかしら？　あの限られた時間で、わざわざ名前をあげたなら、何か意味があるはずよね……？」

考えていると、やがて北の離宮へと到着した。

訪問を告げると、向こうも焦り情報を求めているのか、すぐに応接間へと通される。長椅子にイ・リエナ様が、五本の尾を持つ二つ尾狐を侍らせ腰かけていた。

遮音魔術のことは伏せ、ミ・ミルシャ様とのやり取りを説明していく。

ミ・ミルシャ様がケルネル公爵の手のものに捕らえられる寸前、偶然私の配下の人間が、ミ・ミルシャ様の訴えを聞いていた、という形で説明をしていた。

「……そう。あの子が、そんなことを言っていたのね」

イ・リエナ様は長いまつ毛に囲まれた瞳を伏せ、しばし考えこんでいた。

「……妾と二つ尾狐を頼れ、ね。それは確かに、あの子が言いそうなことねぇ」

「……信じてくださるのですか？」

我ながら、怪しいところばかりの説明だったのに、あっさり信じられ拍子抜けしてしまう。

驚き訝しんでいると、イ・リエナ様がゆるりと朱い唇の端を持ち上げた。

「二つ尾狐を頼ろう、なんて、普通は思わないものでしょう？　それで十分ですし、妾は人を見る目はあるつもりですもの」

言いつつゆるりと指先を持ち上げ、イ・リエナ様が二つ尾狐を指し示した。

「この子のこと、撫でてもらえないかしらぁ？」

「はぁ……？」

目的が読めないが、反発しても仕方ないため、ひとまず従うことにする。

二つ尾狐の金茶の背中に指先を埋め、滑らかな毛並みの感触を堪能していく。

……こんな時だけど、ちょっとだけ心癒された。

よく手入れされた毛並みは撫で心地抜群。

頬ずりしたらそのまま、枕代わりにして眠ってしまいそうだと呟く。

《ヤダよー。ボク、枕になんてされないからね？》

「……え？」

今の声はいったい？

頭の内側から響くような不思議な、小さな男の子の声が聞こえた気がする。

周囲を見回すが、私とイ・リエナ様、そしてルシアンしか部屋にはいなかった。

《ボクだよ。こっちこっち。キミが撫でてるボクだってば》

再び脳内へと届く声。

もっふりとした五本の尻尾を揺らす二つ尾狐を、私は無言で見下ろした。

「……狐が喋った……？」

《狐じゃないよ二つ尻狐だよー。キミ、そんなことも知らないでいたの？》

高い声がまたしても、頭の声へと直接響く。

三回続けば間違いない。不思議な声は確かに、二つ尾狐が発しているようだ。

「ふふ、驚くでしょう？」

呆気にとられる私を、イ・リエナ様がくすくすと笑い見ていた。

「二つ尾狐の中のごく一部、尻尾の本数が多い子は、人の心に声を届ける力を持っているの」

イ・リエナ様の説明に、私はじっと二つ尾狐の、その尻尾を凝視した。

「もう一度、喋ってもらえませんか？」

《いいよお安い御用だよ～～。これでいいんでしょう？》

「はい。ありがとうございます」

二つ尾狐が喋った時、かすかだが尻尾が光っていた。あれは魔力の光だ。

この世界に生息する、魔力を用いる動物のことを、人は幻獣と総称している。

尻尾の数が多いだけの、狐に似たただの動物だと思っていたけれど……。

「二つ尾狐、幻獣だったんですね……」

「正解よん。これ、雪狐族でも知らない人がほとんどの、秘密の中の秘密なのよねぇ」

「……でしょうね」

もし、雪狐族全員が知っているなら、とっくにどこかから情報が漏れ、秘密でもなんでもなくなっているはずだ。

先ほどイ・リエナ様は、二つ尾狐の中でも限られた個体、尻尾の数が多い子だけが、不思議な力を持っていると言っていた。きっと、不思議な力を持つ二つ尾狐の個体は、雪狐族の上層部が集め情報を漏れないようにしているのだ。

「ミ・ミルシャ様も二つ尾狐のこの力について、もちろん知っていたんですね？」

「知っていたわぁ。だからこそ、二つ尾狐を頼れって言ったんでしょうし」

「……どういうことですか？」

「ミ・ミルシャの連れていた二つ尾狐の、尻尾の本数は覚えていて？」

かつて私の離宮を訪れた時、ミ・ミルシャ様は二つ尾狐を連れていた。ふわふわと揺れていた、金茶の尻尾の数を思い出す。

「三本、だったと記憶しています」

「ご名答。よく覚えてるわぁ。あの子の二つ尾狐のように、三本の尾の子じゃ、人に声を届けることはできないけど……。二つ尾狐同士で、声を届けることは可能よ」

「！」

それは心強い、かなりの手がかりになるはずだ。

ミ・ミルシャ様の二つ尾狐とどうにか接触し、誘拐犯の特徴について、イ・リエナ様の二つ尾狐に伝えてもらうのだ。

「あなたの考えてること、たぶん正解だと思うわぁ。それにきっと、ミ・ミルシャの二つ尾狐は、捕まってなんていないはずよ。二つ尾狐は賢く素早い生き物だもの。危険を察して、どこかに隠れ潜んでいるだけじゃないかしらぁ？」

「そんなことが……」

あるわけない、と。言い切ることはできなかった。

むしろ可能性としては、十分考えられる。

ミ・ミルシャ様はいきなり捕縛され、かなり混乱し怯えたはずだ。

そんな時、伴獣の二つ尾狐も一緒に捕まえた、と聞かされたら、酷く動揺し信じてしまうかもしれない。

自白後に、騙《だま》された可能性に気がついても後の祭りだった。真実、二つ尾狐が捕まっていないという確信を得ることもできないため、下手に抵抗することはできないままのはずだ。

……つまり、整理すると。

ミ・ミルシャ様はケルネル公爵に囚《とら》われ、二つ尾狐を人質に取られたと信じてしまった。

加えておそらく、ミ・ミルシャ様が偽の自白を躊躇《ためら》えば、同じ派閥のイ・リエナ様にまで、累が及ぶと脅されたはずだ。……とはいえ、自白するのが早すぎる気はするけど、突如捕えられ恐慌に陥った状態では、信じてしまっても仕方ないのかもしれない。

「……ならば、これからミ・ミルシャ様を救うためには、真犯人の証拠を見つけるしかないわね」

強要されたものとはいえ、一度なされた自白を覆すのは難しい。

強要された、ということ自体を、証明するのが困難だからだ。

だからこそ、ミ・ミルシャ様の無罪を主張するためには真犯人と、確たる証拠を確保しなければいけない。

鍵となるのは、ミ・ミルシャ様の二つ尾狐の居場所だ。

ケルネル公爵の配下より先に見つけ、保護してやらなければいけない。

「二つ尾狐の、捜索を始めたいと思います。協力してもらえますか？」

◇　◇　◇

ミ・ミルシャ様が捕縛されたのは、王都の一角だったようだ。

今回も私は、庭師猫達の力を借りることに成功。庭師猫達のネットワークを使って、ミ・ミルシャ様の二つ尾狐を探してもらうことになったのだ。

「時間との勝負ね……！」

ケルネル公爵側より早く。

そして、ミ・ミルシャ様の罪が確定し、ひっくり返せなくなるより前に。

なんとか二つ尾狐を見つけ出さなければならない。

「このまま、テオドールや真犯人が逃げ切ったら、ウィルダム翼皇国との関係も悪化してしまうものね……」

呟きつつ、私は手早く変装を行う。王都へ私自ら向かうためだ。

二つ尾狐の捜索は、ケルネル公爵側からの妨害が予想される。もしかしたら庭師猫達が攻撃を受けてしまうかもしれず、すぐ駆け付け守ることができる場所にいたかったのだ。

急ぎの手紙で陛下の許可を得るや否や、私はすぐさま王都へと向かった。

ルシアンと共に馬車から降り、寝静まった王都を、庭師猫達と歩き回ることしばらく。

月光の中、こちらへとやってくる人がいた。

「王妃様、こんなところで会うなんて奇遇だな」

「レナードさん……」

気さくに声をかけてくるレナードさん。

しかし決して、気を許すことはできなかった。私は護衛の兵の位置を確認しつつ、レナードさんへと向き直った。

「レナードさんは奇遇と言いましたが、偶然ではないのでしょう？　今回だけではありません。王都でテオドールが騒ぎを起こした日も、レナードさんは偶然、私と出会っています。それにそもそも私と出会ったのも、お忍びに中に王都でごろつきに絡まれた私を、これまた偶然、レナードさんが助けてくれたからです。偶然が続きすぎだと思いませんか？」

偶然も三度続けば、必然と考えた方が自然だ。

私が王都に出るたび、毎度のように顔を合わせるのは不自然が過ぎるのだった。

「蜜を求める蝶《ちょう》のように、吟遊詩人は美しい女性と、自然と出会うようなっているんだよ」

歯の浮くようなセリフで、煙に巻こうとするレナードさん。今までは深く追求することはなかったけれど、今日は引けなかった。

「レナードさんは最初から、王妃である私の周りを探るため近づいてきたんでしょう？」

元から、ただの吟遊詩人ではないだろうなと感じてはいた。初対面時、数人のごろつきをあっさり倒していたし、王城にも頻繁に出入りしていたのだ。

加えて、このタイミングで私の前に、姿を現したということは。

「レナードさんの雇い主、上官にあたるのは、ケルネル公爵なんですね？」

「……それは誰だい？　って、そう言えたら良かったんだがな」

愛用のリュートを、左手で持つレナードさん。右手にはいつの間にか鋭い短剣がある。甘い笑顔はそのままに、楽器を持つように自然に、短剣の柄を握っていた。

「勘が良すぎるのも考え物だな。そこまで言われたら、君を、野放しにできなくなってしまうだろう？　美しい君と会う機会をこの先失う、とても悲しい出来事さ」

「レティーシア様、こちらへ」

前に出たルシアンと、護衛の兵達に周囲を守られる。

緊張を帯びた空気の中、私はレナードさんへと問いを投げかけた。

「レナードさんは前から、ケルネル公爵の指示で動いていたんでしょう？　テオドールが王都で騒ぎを起こすのを、あの日も確認しにきていたんだと思います。私、不自然だと思っていました。

国政に影響力を持つニーディア伯爵夫人の伴獣ジョゼを散歩させていた人が、異国の天馬騎士であるテオドールと一悶着を起こし、更には偶然、リードが脆くなっていたせいでジョゼが逃げ出してしまう。まるで誰かの作為が、働いているかのような出来事でした」

ジョゼを散歩させていた人間は、現在行方不明になっている。ジョゼを逃がしてしまった過失から逃げるためかとも思えたけど、そもそも過失ではなくわざとで、最初から身を隠す予定で動いていたのかもしれない。

あらかじめ、リードに目立たない切れ目を入れるなど細工をし脆くしておく。タイミングを見計らいリードを強く引けば、ぶつりと千切れてしまうはずだ。リードに細工が施されていた証拠こそなかったが、私も陛下も、逃げ出した散歩係のことは疑っていた。

今ならわかる。散歩係はきっと、ケルネル公爵の指示で動いていたのだ。

「ケルネル公爵は独自に持つ情報網によって、テオドールが先遣隊として、王都にやってくると知ったのでしょうね。そのテオドールと騒動を起こさせることで、ニーディア伯爵夫人、およびニーディア伯爵家の評判を落とし足を引っ張ろうとしたんじゃないかしら？」

事実、逃げ出した伴獣ジョゼが戻ってくるまでニーディア伯爵夫人は、テオドールと彼の属するウィルダム翼皇国を恨み敵視していた。

もしあのまま、ジョゼが行方不明のままだったとしたら。

ウィルダム翼皇国を頑なに敵視するニーディア伯爵夫人は、厄介者として扱われたはずだ。

ケルネル公爵は、ニーディア伯爵家とは仲が良くなかった。潜在的な政敵の力を削ぐために、人を動かし企んでいたのだと考えると納得だ。

「ケルネル公爵はあの日、ジョゼの散歩係だけじゃなくて、レナードさんのことも動かしてたんでしょう？」

テオドールが騒動を起こした場に、レナードさんも来ていた。

ケルネル公爵の企みが上手く進むよう見届け、不測の事態があれば動くためだ。

「レナードさんはあの日、テオドールと散歩係の仲裁に向かおうとした私を呼び止めています。私に騒動を収められては、都合が悪かったからじゃないですか？」

「はは、そこまで、君にはお見通しなんだな」

紅茶色の髪を片手でかきあげ、甘い笑みを浮かべるレナードさん。

「これじゃあやっぱり――見逃してあげられないじゃないか」

「ぐっ⁉」

短剣が、護衛兵の肩に突き刺さっていた。

速い。

短剣を投擲したレナードさんへ、護衛兵数人が向かっていく。

突き入れた槍はあっさり躱され、気が付けば護衛兵が一人気絶していた。

一人、二人、と。

精強な獣人の護衛兵があっという間に、意識を奪われ数を減らされていっている。

「強すぎます。レティーシア様、お下がりを」

暗器を構えたルシアンが、私を庇い前に出た。

気持ちはありがたいが、レナードさん相手には厳しいはずだ。

「……嫌だけど」

仕方ない。私の魔術をレナードさんへ、人を傷つけるため使うしかなかった。

あいにく時間がない。手加減をする余裕もなかった。

覚悟を決め高速で魔術の詠唱を行い――

「ぐっ⁉」

うめき声をあげ、レナードさんが吹き飛んでいた。

「陛下⁉」

長剣を手にした陛下の斬撃が、受け止めたレナードさんの短剣ごと吹き飛ばしている。

見たところ、陛下は護衛もなくお一人だった。

おそらく、銀狼の姿で王城を抜け出し王都を駆け、近くの物陰で、人の姿へと戻ったのだ。王都に出た私のことを心配に思い、追いかけてきたのかもしれない。

激情が渦まく陛下の瞳が、レナードさんへと向けられていた。

「どういうことなのか答えろ。なぜ、死んだはずの兄上が今こうしてここで、レティーシアに襲い掛かっているのだ？」

「……兄上？」

全く予想していなかった単語が、陛下の唇から飛び出してきた。

陛下の兄上、十年以上前に命を落とした王子レオナルド。それがこの、今目の前にいるレナードさんだと、陛下はそう主張している。

衝撃の事実に、私はレナードさんをじっと見つめた。

顔立ちは、硬質な美貌の陛下と全く似ていない。兄弟とはいえ、母親が違うなら当然かもしれない。年齢は二十代後半と合致するが、兄弟である証拠には弱すぎる。

「人違いだろうさ」

「違う。兄上だ。雰囲気も髪形も話し方も違うが、私の鼻はおまえが兄上だと告げている」

長剣を構え、ひたと見据える陛下に、レナードさんは肩をすくめた。

「ないない。あいにく俺には、血の繋がった弟なんかいないからな」

言いつつも一歩、二歩。

レナードさんが後ろへと下がっていった。

「レティーシア様！」

投げつけられる何か。

咄嗟にルシアンが叩き落とすと、ぼわりと勢いよく煙が広がった。

「この匂いは……」

小麦だ。小麦といくつかの物質の粉を混ぜ作られた、煙幕の元を投げつけられたようだ。

「どこにもいませんね……」

やがて煙が晴れると、レナードさんの姿は消え失せていた。

「レティーシア、怪我はないか？」

「陛下こそ大丈夫ですか？」

素早く確認する。

幸い、陛下に目に見える怪我はなさそうだ。

最後にレナードさんをいた方角を、睨むよう凝視している。

「ぐー様の姿に変じて、レナードさんの行方を追えませんか？」

「難しい。あの煙玉には、微量の香辛料が混ぜられていたようで鼻が利きにくくなっている。

……それにこの場に、おまえを残していくのも論外だ」

陛下はそう言うと黙り、なにやら考え込んでいる。眉間にしわが寄り、瞳には懊悩が浮かんでいた。死んだはずの兄が生きていて、しかも私を襲おうとした事実に、心乱されているようだ。

「……先ほど陛下は、レナードさんのことを兄であるレオナルド王子だと言っていました。その理由をお聞かせいただいても？」

「……匂いだ」

「匂い？　見た目や喋り方でなくて？」

私の問いかけに、陛下が頷いていた。

「匂いだ。先祖返りである私の鼻は特別な感覚を持っている。個人個人で異なる匂いを、感じ取ることができるんだ。昨日、おまえの離宮でレナードとすれ違った時にも、兄上と同じ匂いを感じている。間違いなく、兄上と同じ匂いだった」

思い出す。

昨日ぐー様の姿だった陛下は、急に立ち上がりレナードさんのいた方角へ向かっていた。兄であるレオナルドと同じ匂いをかぎ取り、慌てて確認しに行ったのだ。

「先祖返りの陛下の鼻を疑うわけではありませんが。匂いは確かな判定基準たりうるのですか？」

「なる。なったはずだったんだが……」

陛下の瞳が翳《かげ》っている。

「だとしたらおかしかった。私の鼻は、他者がつく嘘をも嗅ぎ分けることができるのだ」

「……嘘を？」

「そうだ。以前私はおまえに、『イ・リエナは嘘をついている』と言ったことがあるはずだ。あれは私の鼻が、イ・リエナの言葉に嘘を嗅ぎつけたということだ。同様に先ほどレナードが言っていた、『俺は、血の繋がった弟なんかいない』という言葉に嘘はないと断言していい。……なのに何故か、あいつはレオナルド兄上と同じ匂いを漂わせていたのだ」

「……」

陛下の言葉を受け思考を進める。

兄と同一人物としか思えない、けれど弟はいないという相手。

「兄だけど兄じゃない………あっ」

もしかしたら、と。

思い当たった可能性を、私は陛下へと話したのだった。

◇◇◇

陛下と話し合い、どう動くべきか二人で考えた結果。

私は翌日、一連の黒幕、ケルネル公爵の元へと向かっていた。

王妃として、きちんと名前を出しての来訪だ。王都でのレナードさんの襲撃のように、力任せにこちらの口を防ぐことはできないし、させるつもりもないのだった。

「ようこそ、レティーシア様。貴女様がこうして、訪ねてくださるのは初めてのことですね」

「えぇ、そうですわね。そして今日が、最初で最後の訪問になるかと思います」

目の前に座るのは、穏やかな笑みを浮かべたケルネル公爵だ。

温厚で誠実そうな姿はしかし、外見に限られるのだと私は理解していた。

「単刀直入に言います。ケルネル公爵、今のうちに自ら、罪を認めるつもりはありませんか？」

「罪とはいったい？　なんのことを指しているのでしょうか？」

「ミ・ミルシャ様の仕業に見せかけテオドールの逃走を手助けし、天馬騎士であるテオドールの持つ知識ごと、天馬を手に入れようとしたことです」

一直線に切り込むも、ケルネル公爵はあくまでとぼけた様子だ。

「そこまで断言なさるのなら証拠は？　もちろん取り揃えておられるのですよね？」

「えぇ、当然ですわ。ミ・ミルシャ様の伴獣の二つ尾狐、こちらで保護させてもらいましたもの」

庭師猫達は、今回もとてもいい仕事をしてくれている。

速やかな二つ尾狐の確保と、イ・リエナ様の協力。ミ・ミルシャ様の二つ尾狐から、ミ・ミルシャ様誘拐の実行犯の情報を得ることができ、捕らえることができたのだ。

そうして一つ糸口を見つけたら、どんどんと捜査は進んでいくもの。

誘拐犯の中に、テオドールの逃走に関わっている人間がいて。

その証言を元に陛下は配下の兵を、私は庭師猫達を動かし、テオドールを追い詰めていった。

既に捜査は大詰め。私が今、こうしてここに来たのも、陛下がテオドールの身柄を確保しにいく間、ケルネル公爵が動き手助けをしないよう、留め置くためだった。

「——遅くなったな」

応接室の扉が、外側から陛下により押し開かれた。陛下がここへやってきたということは、無事テオドールを確保できたということ。ケルネル公爵はこれで詰みだった。

「ケルネル、私は残念に思っている。父の代からの忠臣と知られるおまえが、国益を損ねる愚行に出るとはな」

「国益を損ねる、ですと？」

ケルネル公爵が首を傾げた。自分が追い詰められていると、理解できない程に愚かではないはず。なのに顔には焦りも狼狽もなく、いまだ穏やかな表情をしている。

「それはどういったことでしょうか？　ええ、確かに、私はレティーシア様の仰る通り、テオドールと天馬の確保をもくろみました。しかしそれのどこが、愚行だと仰られるのでしょうか？」

「愚行以外のなんだというのだ？　いたずらに他国とのいさかいを引き起こし、自国の人間に濡れ衣を着せ処断する。どこに誇れる点があるというのだ？」

陛下のごくまっとうな正論。しかしケルネル公爵に、堪えた様子は見受けられなかった。

「それにより、得ることのできる結果に決まっております。軍事上、天馬騎士は強大な力を有しております。その一端でも、我が国の力として取り入れられれば、成果と呼び差し支えないかと思いませんか？　ウィルダム翼皇国とて、自国の天馬騎士であるテオドールの過失を考慮すれば、一方的に我が国を批判することはできないでしょうからな。私はただ、この国がより強くより豊かになるよう、非力ながら動いていたにすぎませんよ」

「……そうか」

陛下がゆるりと、瞳をつぶってしまった。

「陛下、どうなされたのですか？　まさか今の無理のある説明を、正しいとお思いなのですか？」

「違う」

陛下が小さく首を振っている。

「私は、正しいなどと思っているわけではない。だが、ケルネル公爵は違うのだ。ケルネル公爵は確かに、自らの正当性を信じている。自らが国のため動く人間だと、心の底から信じているのが、その言葉に嘘がないのが、私の鼻でわかってしまったからな」

「……」

疲れた顔をする陛下の気持ちが、私にも嫌というほどわかった。

ケルネル公爵はただの悪人ではない。

私利私欲で動いているわけではなく、あくまで国のためと思い行動している。ニーディア伯爵夫人を陥れようとしたのだって、国のため動く自分の邪魔になる相手を、排除しようとしただけに違いない。自分は正しい行いをしているという自負があるため、後悔も反省もありえないのだ。

ある意味、欲望のまま勢い任せに動くテオドールよりずっと、たちが悪い相手だった。

手段は無茶苦茶でも国を思う心自体は本物であるため、周囲の信頼を集め権力が集まってしまうのだ。

「私も残念ですよ。陛下には私の国を思う気持ちは理解できないようですからな」

「国を思うのは良い。やり方が問題だと言っている」

「甘いですな」

ケルネルがどこか、哀れむような表情を浮かべている。

「陛下は、この国の置かれた状況を、正しく把握されておりません。内側においては五つに分かれ相争い、魔術の研究も大きく他国に遅れを取っております。近年勢い著しい帝国とかち合えば、いずれ滅ぶ未来しかありえませんよ。破滅の未来を避けるためにこそ私は、汚い手であろうと使おうと思ったまでのことです」

罪を突きつけられてなお、ケルネル公爵は持論を変えることはなかった。

あくまで自分は、国のため必要なことをしただけと考えているのだ。

「――ケルネル公爵」

陛下が唇を開く。

最終通告を突きつけるつもりだ。

「いい加減諦めてくれ。おまえがテオドールの逃走を手助けした証拠は揃いつつある。頼みの綱のレナードも、もはやおまえの味方ではないのだぞ」

「……レナードが、どうかいたしましたかな？」

ほんのわずかだけど。

レナードさんのことを聞いた瞬間、ケルネル公爵に、動揺が見られた気がした。

「おまえはレナードを頼りにし、右腕のように使っていたようだが……。大きな勘違いだ。レナードは今、おまえを破滅させるため動いているからな」

「陛下、いきなり何を仰られ――」

「よし、これで全部だな」

ケルネル公爵の言葉を遮る軽薄な声。

書類を手にやってきた、レナードさんのものだった。

「これにこれ、それにこれも、っと。陛下に手渡しておこうか」

「なっ、それは……」

書類の文面を見たケルネル公爵が、小さく呻くようにしている。

レナードさんが手にするのは、ケルネル公爵が決して明るみには出せない、国のためにという大義名分の元行った、後ろ暗い取引や指示の内容を記したものだ。

飼い犬に手を噛まれたように、ケルネル公爵は信じられないといった表情をしている。

「レナード、なぜおまえが？　死ぬ定めだったおまえの命をすくいあげ国のためにと使ってやったのは、他でもないこの私なのだぞ？」

「恩、ですか」

レナードさんが皮肉気な笑みを浮かべている。

「恩！　恩！　あぁ、感じていたともさ。だからこそ何年も、あんたの下で汚い仕事についてやったんだろう？　恩を返し終えたら、あとはどう動こうと俺の勝手だ。いい加減、あんたに命令される身の上は面倒でな。これからは風の向くまま気の向くまま。美声にして美貌のただの吟遊詩人として、自由に暮らしていくつもりさ」

「自由だと……!?」

ケルネル公爵が拳を握りこんだ。

「っ、ふざけるなっ！　おまえは、国に仇なすことしかできない身の上だ！　おまえがおまえである限り、自由に生きるなど決して許されるわけがない！」

激昂し、ケルネル公爵が断言した。

「忘れたのか!?　おまえは、おまえこそは、この国で生きていてはいけないにんげ――」

「黙れ」

短くも凍えるような言葉が陛下から放たれ、ケルネル公爵の動きを凍り付かせた。

「っ⁉　陛下⁉　なぜこいつを庇うのですか⁉」

「生きていてはいけない人間だと？　もしやそれはレナードが、かつてのレオナルド王子が、父王の血を引いていないことを言っているのか？」

「っ⁉」

ケルネル公爵が息をつまらせ、体を硬直させていた。

「なぜ、陛下がその事実を……？」

「レナードが言っていたからだ。『俺には血の繋がった弟はいない』。つまり、私とレナードは異母兄弟ですらなく、血縁上は他人ということだ」

父親の違う不義の子。

レナードさんの母親は王妃でありながら、国王以外の子を宿したということだ。

「だからこそ、王家の血統を乗っ取りかねない、托卵の子であるレナードは母親と共に殺されかけたのだろう？」

淡々と告げる陛下から、私はこの国の王家で起こったであろう事柄の推測を聞かされていた。

托卵を最初に嗅ぎつけたのは、陛下の母上の可能性が高いらしい。レナードさんの母親を脅そうとして、逆に殺されてしまったのだ。

けれど陛下の母上もただ殺されたわけではなく、国王に托卵を告発する文章を残していた。

国王は激怒し、レナードさん親子を葬ることにしたのだ。

「公式の記録では既に、兄上は亡くなっている。お前は処分される寸前の兄上を助け恩を着せ、都合のいい駒として使い潰そうとしたのだろう？」

「王家簒奪を行おうとした不義の子ですよ？　殺されなかっただけ上等です」

自らの正当性を叫ぶケルネル公爵を、陛下は冷ややかに見下ろす。

「不義の子であろうと、親を選べず生まれてきた子供本人に罪はない。兄上にだって心はあるのだぞ？　おまえが不義の子と見下し道具扱いしたからこそ、兄上も裏切ったのだろうが」

「俺、そこまで難しいことは考えていないぞ？　ま、当たらずとも遠からずではあるがな」

ケルネス公爵を断罪する陛下の言葉に、レナードさんが軽く肩をすくめていたのだった。

◇　◇　◇

「――でもまさか、レナードさんが元王子で、グレンリード陛下が慕っていた、レオナルド兄上その人だったなんてね」

「驚いてくれたかい？　人生には刺激が必要だからな」

「ええ、嫌というほど、驚かされたわ」

じろりとレナードさんを見上げる。

ケルネル公爵を捕縛した後、私はレナードさんへと詰め寄っていた。

「陛下のお話しされていた兄上は、優しく誇り高く上品で、まさに素晴らしいとしか言えないお方だったと、そう聞かされていたもの」

「本人である俺に、幻滅してしまったか？」

「驚いただけよ。幻滅するほど、私は陛下の兄上のことを知らなかったし、レナードさんに対しても、幻想を抱いていなかったもの」

「へぇ？　本当にかい？　俺、顔と色気、あと声には、かなり自信があるんだが？」

「その美声で、苦手なセロリへの恨みつらみを語られても、ぐっとくるわけがないでしょう？」

「はは、手厳しいな」

言いつつも、レナードさんに堪えた様子はない。

いつも通り、掴みどころのない性格をしている。

「兄上……変わられたのだな」

ぽつりと、陛下が呟きをこぼした。

死んだと思っていたレナードさんに再会できた喜びと困惑が、かすかにだが珍しく、氷の彫像のごとき陛下の表情を動かしていた。

「あの頃の兄上は、よく理想の王子と褒め称えられていた。今の性格になったのは、それだけ、王城を追われてからの生活が厳しかったということなのか？」

「褒めてくれてるとこ悪いが、俺はそこまで、繊細な神経はしていないぞ？」

「だが現に、こんなにも兄上は変わってしまっている」

幼い日に見た、かつての兄の面影を探すように。

陛下がレナードさんを見ていた。

「食に関してもそうだ。昔の兄上に好き嫌いなどなかったはずだが、セロリをそんなに嫌うということは、食に困り傷んだセロリを食べ腹を下すかして、苦手になってしまったのだろう？」

「いや、違うぞ？　陛下は真面目に考えすぎだ」

陛下の言葉にはははと笑いながら、レナードさんが否定していた。

「俺がセロリを苦手なのは昔からさ。何か特別嫌なことがあって、嫌いになったわけじゃあない」

「昔から……？」

納得できないのか、陛下が眉をわずかに寄せている。

「そんなはずがない。昔の兄上はセロリだろうと、美味しそうに食べていたはずだ」

「はは、そりゃ、一応は王子様として育てられてたんだ。マズイものを食っても顔に出さないくらい、あの頃の俺にだってできたからな。かわいい弟の前でくらい、かっこつけときたいものだろう？」

人間誰しも一つや二つ、苦手な料理はあるものだけど。

苦手なもの、嫌いなものがあることを知られるのが、恥ずかしい年頃もあるのだ。

当時、陛下がレナードさんを慕っていたのと同じように、レナードさんもまた陛下のことを、弟としてかわいく大切に思っていたに違いない。

弟のためにかっこいい兄であろうと、セロリが苦手なことを隠し武術や勉強に励み、理想的な王子として振る舞っていたのかもしれなかった。

そんな微笑ましい背伸びに、弟を思う兄の心に、陛下も気づかれたようだ。

懐かしむように、そして切なそうに。

かすかに目元と口元を緩め、レナードさんを見ていたのだった。

「……兄上はこれから、どうするつもりだ？　ケルネルのような者が兄上を利用しようとしないよう、私も協力はしていくつもりだ。密かに誰か、護衛の者をつけておこうか？」

死んだはずの王子が生きてました。しかも実は王家の血を引いてません、なんて。

バレたら一大スキャンダルで国が荒れるし、陛下としては全力で隠ぺいの一択だ。

レナードさん本人も、今更王族に戻りたいようにも見えないのだった。

「はは、過保護だな。俺なら一人で大丈夫だよ。周りにむさい護衛がいる方が、乙女が寄ってこなくなり困るからな」

「だが……」

陛下は不安を拭えないようだ。

不義の子として命を狙われたレナードさんに対し、心配する気持ちは私にもよくわかった。

「俺は強がってるわけじゃないぞ？　事実、俺はそこらの腕自慢よりずっと、腕が立って頭も回り顔も良く声まで美声だからな。完全無欠の吟遊詩人様だろう？」

「なんて見事な自画自賛……」

私がぼそりと呟くと、レナードさんが自らの瞳を指し示した。

「はは、全て事実だぞ？　疑うなら、俺の瞳を見てみるといい」

「俺の瞳を見て？　また古典的な、キザな口説きもん、く、を……」

思わず私は言葉を失ってしまった。

こちらを見る、レナードさんの明るい緑の瞳は。

瞳孔が縦に細長く、獣人と同じ形に変化していたのだ。

「獣人……いえ、違う、半獣……？」

「正解だ。俺の顔も見たことがない実の父親は、どうも獣人だったみたいだな」

この国でも珍しい例だが、獣人と人間が結ばれ、半獣と呼ばれる子供を授かることがあった。

半獣は人間と獣人、両方の特徴を備え生まれてくることになるのだ。

「俺の外見は獣の耳も尻尾もなく、ほとんど人間そのものだが、身体能力は獣人並だ。さっきだってレティーシア様の護衛の獣人達を、華麗にさばいていただろう？」

確かに、どういうからくりか気になっていたことだ。

獣人並の身体能力に、王子として身に付けた武術、そして天性のセンスが、レナードさんを物理的な強者たらしめているようだった。

「俺が王家の血を引いてないってバレたのもこのせいだ。先代国王も俺の母も、引いている血は人間のものがほとんどで、間に半獣が生まれるわけがないからな。よりにもよって、子供の特徴で不倫が発覚しやすい獣人の男と盛り上がるとは、わが母親ながら馬鹿な女だよ」

母親について語る一瞬、レナードさんの瞳は酷く冷え切っていた。血の繋がりのない弟である陛下に対して向けるのとは、全く違う瞳だった。

「俺だって、自分が半獣であることは隠していたさ。だが、気持ちが昂ったり体を激しく動かすと、瞳孔が獣人のものになってしまってな。運悪くそこを、人に見られてしまったんだ」

俺も迂闊だったよ、と、

レナードさんは最後に言うと、リュートを手に立ち上がった。

「じゃあ、俺はそろそろ行くことにしよう。おまえ達には、ケルネル公爵がやらかしたことの後始末が残っているだろう？　俺は気楽な吟遊詩人があってるから、後はおまえ達に任せるよ」

気の向くまま思うがまま。

流れる雲のような軽やかさで、レナードさんは去っていった。

「……行かせてしまって、陛下はよろしかったのですか？」

「……あぁ」

私の問いかけに、陛下が小さく息を吐きだした。

「兄上には昔から、大変世話になっている。これ以上、引きとどめ頼るわけにはいかないからな。今回だって兄上は、自分を縛るケルネルから自由になるため裏切ったと言っていたが、決してそれだけではないはずだ」

「……はい。私もそう思います」

単にケルネル公爵から自由になりたいなら、他にもっと楽なやりようがあるはずだった。

なのにレナードさんはつい昨日まで、ケルネル公爵の指示に従うフリを続けていたのだ。

先ほど私がケルネル公爵の家に踏み込む少し前に、ケルネル公爵の悪事の証拠書類を携え、こちらへの協力を申し入れてきたのには理由があるはず。

「レナードさんはきっと、陛下の治世から独善的なケルネル公爵を排除したかったのです。周囲の信頼厚いケルネル公爵を、破滅させることができる機会を狙っていたんです。テオドールの逃走にケルネル公爵が関わっていると知られた今なら、悪事をもみ消すのも不可能でしょうしね」

「……だろうな。私は兄上に助けられてばかり、与えられてばかりのようだ」

自嘲するよう、唇を歪める陛下。

私は首を横に振り、レナードさんについての推測を口に上らせた。

「いえ、きっと、助けられてばかりではないと思いますわ。レナードさんは半獣です。秘密を抱え神経をすり減らす毎日に、自分を純粋に慕ってくれる陛下の存在は、かけがえのない宝物だったと思います」

氷の美貌の持ち主の陛下だが、お心は温かいのだ。

飾らない真っすぐな気性の陛下にレナードさんも癒されていたからこそ、ケルネル公爵の指示に従うフリをしながらも、陛下の治世のためにと動いていたに違いない。

「……そうか。私でも、兄上の支えになれていたのだな」

陛下はぽつりと呟きを落として。

レナードさんの去った方角を、その行く先を、しばらくの間見ていたのだった、

七章　お兄様と鹿に会い

「レティーシア様、ありがとうございます！　おかげで助かりました！」

北の離宮を訪ねると、ミ・ミルシャ様が駆け寄ってきた。

テオドールの逃走を助けた黒幕がケルネル公爵だと暴かれたため、ミ・ミルシャ様はいくらかの事情聴取の後、晴れて自由の身となったのだ。

ちなみに。

ケルネル公爵が濡れ衣をなすりつける相手として、ミ・ミルシャ様を選んだのは、二つ尾狐が理由だったようだ。偶然、二つ尾狐の持つ不思議な力を知ったケルネル公爵は、自らの手足として使うための二つ尾狐を、手に入れようとしていたのだ。

二つ尾狐の捕獲に成功すればそれで良し。捕獲に失敗しても、罪人に仕立て上げたミ・ミルシャ様の身柄を利用し、雪狐族から二つ尾狐を強請り取ろうとしていたようだ。

「一見無事落着、妾もこの子も、レティーシア様に感謝してますわぁ」

事件解決から三日目の今日、私はミ・ミルシャ様達の元を訪れていた。同席するイ・リエナ様は横に二つ尾狐を侍らせており、更にその横には、ガイ・グルト様が立っていた。

「ふふ、ありがとうございます。二つ尾狐を撫でてお話させてもらってもいいですか？」

「もちろん、どうぞ撫でてやってくださいませ」

『どうぞだよ〜〜』

イ・リエナ様の許可を得て、五つ尾の二つ尾狐をモフり会話していく。たっぷりと毛並みを堪能し話をし終えると、イ・リエナ様が瞳を細めこちらを見ていた。

「レティーシア様にはほんとうに、お世話になりましたわ。ミ・ミルシャの二つ尾狐のことも助けてもらいましたし、恩返し頑張りますわぁ」

「恩返し、ですか……」

「あらん？　何か妾に、して欲しいことがあるのかしら？」

「……質問をしてもよろしいでしょうか？」

「何かしら？　できる限り、答えさせてもらうわ」

イ・リエナ様の許可を得て、私は気にかかっていた点を切り出した。

「ミ・ミルシャ様はなぜあれ程までに早く、嘘の自白をしてしまったのですか？」

少し不思議だったのだ。

ミ・ミルシャ様は嘘の自白をしないと、イ・リエナ様にまで迷惑がかかると脅されていたらしい。が、少し考えれば、ミ・ミルシャ様が嘘の自白をして罪を被った方が、縁者であるイ・リエナ様にかける迷惑は大きいとわかるはずだ。

イ・リエナ様をお姉さまと慕うミ・ミルシャ様が、イ・リエナ様に不利となる選択をした理由。

私には一つ心当たりがあり、確認してみることにしたのだ。

「わ、私は、そのっ、……脅されて怖くなって、流されて自白をしちゃっただけで……」

目を泳がせながら、しどろもどろに言うミ・ミルシャ様。腹芸は苦手なようだった。

「ふふ、そろそろ観念しましょうか？　妾はもう、あなたの考えていたことはお見通しよ？」

「え……？」

びくり、と。狐耳を揺らすミ・ミルシャ様。

叱られることに怯える、子供のような姿だった。

「ミ・ミルシャは妾のために。より正確に言えば妾の恋のために、動いていたのでしょう？」

「っ……！」

ミ・ミルシャ様の尻尾が、針金を通されたようぴんとなった。

「……やはり、ミ・ミルシャ様は、イ・リエナ様の恋を叶えようと考えていたのですね」

「ふふ、レティーシア様もお気づきだったのね？」

「いくつか手掛かりがありましたので」

まず一つ目は、舞踏会の日のこと。

イ・リエナ様たちのいる小部屋から漏れてきた声は、

『なぜイ・リエナお姉様がお心を殺して』という、穏やかでないものに聞こえたのだ。

二つ目は、ミ・ミルシャ様がイ・リエナ様のためにと、早すぎる嘘の自白をしたこと。

そして三つ目。以前陛下がイ・リエナ様に対して、

『あいつは嘘をついている』『その嘘を責めるつもりはない』と言っていたのを思い出したのだ。

これら三つを合わせ浮かんでくる、次期王妃候補であるイ・リエナ様がついていた嘘。

すなわち、陛下の王妃を目指す身でありながら、心に他に思い人がいるということだ。

「イ・リエナ様の恋のお相手はガイ・グルト様であり相思相愛。私の推測、あたっていますか？」

イ・リエナ様に思い人がいる。それを念頭に過去のイ・リエナ様の姿を思い返すと、ピンとくる相手がいたのだ。

舞踏会の日、暑さにやられたイ・リエナ様の近くに、ガイ・グルト様は寄り添っていた。イ・リエナ様のような女性が自らの弱った姿を、ただの知り合い程度の異性に晒すのかと疑問を覚えていたのだ。

「ご名答。よくわかったわね」

ぱちぱちと拍手をするイ・リエナ様。

一方のミ・ミルシャ様は、顔を青くしている。

「ミ・ミルシャ様はイ・リエナ様の恋を叶えるために、イ・リエナ様が次期王妃に選ばれなくなるよう、足を引っ張ろうとしたのね？」

だからこそ、イ・リエナ様に不利になる自白の強要も、つい受け入れてしまったのだ。

「ち、違いますっ！　足を引っ張るなんてそんな！　私はイ・リエナお姉さまの幸せを祈って！」

「違わないわ」

自らに言い訳するように必死なミ・ミルシャ様の言葉を、私はばっさり否定した。

「イ・リエナ様がガイ・グルト様を慕っていようと、その恋心を封じ王妃候補になると決めたのはイ・リエナ様の選択であるはずよ。その決意を、他人が勝手に捻じ曲げてはいけないわ」

「っ……！」

ミ・ミルシャ様が黙り込んだ。彼女も薄々自分の考えが、間違っているとは理解できているのだ。

イ・リエナ様もガイ・グルト様も、第三者からはほとんど、お互いを恋い慕っているとはわからない距離を保っていた。イ・リエナ様は内心どんな思いがあろうとも、自らの一族のため国のため、恋心を封じ次期王妃候補としてこの王城にあがってきたのだ。

「私は……。でも、私はっ……！」

「レティーシア様、そんなに、ミ・ミルシャを責めないであげてね？」

ぽんぽん、と。黙り込むミ・ミルシャ様の頭を、イ・リエナ様が撫でていた。

「元はと言えば妾が、ガイ・グルトへの思いを隠しきれなかったせいで、ミ・ミルシャが暴走してしまったのよ」

「イ・リエナ様はごく親しい相手以外には、きちんと思いを隠されていました」

「だとしてもやはり、妾の責任よぉ。妾は雪狐族の未来を背負って、王妃候補とし王城に来たんだもの。ミ・ミルシャの暴走だって、雪狐族の代表として責を負うべきだと思うわぁ」

「イ・リエナ様……」

ご立派だった。

自らの恋心より、国と一族のために生きようとしていて。

自らを慕う者の犯した過ちを、受け入れ償おうとする器がある。

妖艶な雰囲気の持ち主で、最初は腹で何を考えているかわからなかったけど、高位貴族の女性として次期王妃候補として、誇り高く在られているようだ。

「ふふ、それにね、ミ・ミルシャの暴走は、レティーシア様も原因の一つだったりするのよ?」

「私が?」

まるで心当たりがなく戸惑ってしまう。

細く白いイ・リエナ様の指が、私を指し示した。

「そう、レティーシア様よ。あなたのこと、ミ・ミルシャはこの国の王妃としてとても気に入っていたでしょう? レティーシア様が王妃のままいてくれれば、妾が次期王妃にならず恋を叶えてもこの国は大丈夫だろうって、そう思ってしまったみたいね」

「……」

咄嗟に答えられず、黙り込んでしまった私へと。

「妾も、ミ・ミルシャと同じ思いですわよ? 少し前までは、ナタリー様達他の王妃候補が頼りなくて、どうにか妾が次期王妃になろうと考えていたけれど……。今はレティーシア様がいてくれますものね?」

イ・リエナ様がゆったりと、含みを持たせ笑いかけたのだった。

◇　◇　◇

テオドールの逃走に始まった一連の騒動は、秋を迎える前に終結することになった。

ミ・ミルシャ様に濡れ衣を着せた張本人であり、全ての元凶であるケルネル公爵は生涯幽閉が決定。テオドールも捕らえられ、今度こそ厳重な監視の元、祖国へと送り返されている。

天馬の盗難は、ウィルダム翼皇国ではかなりの重罪だ。エルネスト殿下曰《いわ》く、まだ刑罰は正式決定していないとはいえ、この先数十年の投獄はまず間違いないと言っていた。

ウィルダム翼皇国よりの使者も帰国した今、私の離宮は落ち着きを取り戻している。週に数回開かれるお茶会の準備以外は、のんびりとした時間が流れていた。

イ・リエナ様から向けられた笑みを。無言で投げかけられた問いかけを。

時に考え悩みながらも、私は料理に精をだしていた。

「────よしっ！　完成っ！」

目の前にあるのは、厨房で作った洋梨のロールケーキだ。

出来栄えを確認していると、厨房に鳴き声が迫ってきた。

「にゃー」

「なーぉう？」

「みにゃうにゃ！」

てくてくぞろぞろと集まり、厨房のすぐ外でスタンバイする庭師猫達。

食欲旺盛な庭師猫達には、朝昼晩に加えおやつも毎日出していた。

離宮に住み着く庭師猫は、既に六十匹を超えている。勢ぞろいするとなかなかに圧巻で、見ていて飽きないのだった。

「でも、明日からは少しの間、お別れになるのよね」

季節は秋の真ん中。

森の木々が美しく、葉を色づかせる季節だ。

私は陛下と一緒に、広葉樹の森の湖のほとりに建つ離宮で、十日間ほどを過ごす予定だった。

離宮は数代前の国王により建てられたもので、代々の国王夫妻は秋のいくばくかを、離宮で過ごすのが伝統になっている。国王夫妻の来訪により、地元の村も盛り上がり経済効果が出るため、代々伝統が引き継がれてきているようだ。

森の離宮では、基本的に陛下と同じ建物で寝起きすることになるらしい。

普段、丸一日どころか数日顔を合わさないこともざらにある私達の、初めての夫婦らしい暮らしになるのかもしれない。

楽しみに思っていると、侍女が封蝋の押された手紙を持ってきた。

「エルトリアの、王弟殿下の紋章……？」

現エルトリア国王の年の離れた弟、アティアルド殿下からだった。

アティアルド殿下は国王陛下に代わり、各国を外交で飛び回っている。この国にも、やってくる予定なのかもしれない。

封蝋をはがし中身を読んでいく。

やはり、アティアルド殿下は近くこちらの国へいらすようだ。まずは同国出身である私に、先ぶれの手紙を出すことにしたらしかった。

陛下へとアティアルド殿下の来国予定を伝えた結果、森の離宮で殿下を出迎えることに決定。祖国を同じくする王妃の私が中心になり、アティアルド殿下歓待の準備を行うことになるのだった。

◇　◇　◇

紅葉が盛りを迎えつつあるその日。

十数台の馬車を引き連れ、私と陛下は森の離宮へと出発した。

馬車で片道一日ほど。ちょっとした旅行気分で、森の離宮へと到着した。

アティアルド殿下の到着は三日後だ。

私は離宮の女主人として、さっそく準備を指示しはじめた。

王城での大々的な歓待と違い、離宮での歓待は比較的こぢんまりとしている。

自然に囲まれた離宮で、アティアルド殿下に居心地よく過ごしてもらうのが目標だった。

「こちらが、アティアルド殿下にお出しする予定のケーキの一つです」

厨房を借り作ったケーキの皿を、陛下の居室へと持ってきた。

ブッシュ・ド・ノエル……からクリスマス要素を引いた、切り株を模したケーキだった。

チョコレートを溶かしたクリームをスポンジで巻き、隠し味にはお酒を入れてある。表面のクリームには木の幹のように筋を入れ、遠目で見れば本物の切り株にも見える仕上がりだ。

「面白い形をしている。この茶色はチョコレートか？」

「そうです。更に飾りに、本物の落ち葉を使おうかなと思うんです」

「落ち葉を？」

「明日から天気が崩れて、アティアルド殿下が到着する日も雨になり外は出歩けそうにありません。なので室内でも秋らしさを感じていただけたら、と思いまして」

汚れ傷みの少ない葉っぱを拾って、丁寧に洗い乾かしたものだ。

切り株ケーキの周りに散らすと、ちょっとした森のようになっていた。

「うむ。面白い良い趣向だと思うぞ。本番もこれにするといい」

「はい！　味も確認されますか？」

「もらおう」

陛下へとケーキを切り分けていく。

ルシアンが淹れてくれた紅茶をお供に、切り株ケーキを食べていった。

「数種類の、食感の違うチョコレートの味が楽しめるのだな」

表面にまぶされたパウダー、しっとりとしたスポンジ、ふわふわと軽いクリーム。

クリームにはアクセントに、苺が入れられ甘酸っぱさを添えている。

見た目の割に軽めの食べ応えで、もう一切れもう一切れと、つい手が伸びてしまうケーキだ。

他にも数種類、アティアルド殿下にお出しする用のケーキとお菓子を陛下と試食していく。

「ふぅ、たくさん食べました。お腹いっぱいですね」

「あぁ、どれも美味かったな」

陛下と二人、紅茶を飲みまったりとする。

暖炉に入れられた火に照らされ、二人の影が絨毯《じゅうたん》に落ちる。

陛下の碧の瞳に、ゆらゆらと火が写り込み美しかった。

「……レティーシア、今からいいか？」

「もちろんです、陛下」

閉じられた部屋で夫婦が二人っきり。

いかにも、艶っぽい何かが始まりそうだけど。

「ぐぅあうっ！」

始まるのはもふもふタイムだ。

ぐー様の姿になった陛下が、長椅子に座る私の横へ来た。

ちょうど撫でやすい高さに、銀色の首筋から背中がきている。

「では、失礼しますね」

「ぐっ」

『撫でるがよい』

という陛下の許可を得て背中を撫でていく。

先祖返りである陛下は、定期的にぐー様の姿で過ごす必要があるらしい。

ずっと人間の姿でいると息苦しさのような感覚を覚え、ちょっとしたきっかけでぐー様の姿に変化してしまう状態になるのだ。

ぐー様が私の離宮に来ていたのも、時間の有効活用のためだったらしい。

定期的にぐー様の姿になる必要があるが、ぐー様は人と喋れない。肉球では羽ペンを持つことも、書類をめくるのも難しかった。

国王である陛下は多忙だ。

ぐー様の姿の間でいる間、ただまんじりと過ごすのは時間がもったいない。

そこで王妃である私の様子を観察し問題を起こしていないか確認するために、ぐー様の姿で離宮にやってきていたらしかった。

しばらく毛皮を撫でさせてもらった後、ローテーブルの上に書類を広げる。

「ぐあっ！」

「はい。次の書類にいたしますね」

陛下の合図で、重ねられた書類をめくっていく。

黒い鼻を時折ぴすぴすと動かしながら、真剣なまなざしで文字を追うぐー様。

……陛下には言えないけど、ちょっとだけおもしろい。

書類を読む狼、というレアな光景を見守りながら、陛下の指示を受け書類をめくっていく。

普段はこの役目、陛下の腹心のメルヴィン様が手すきの時にしていたらしい。しかし今は、陛下の代理人としてメルヴィン様が王城に留まっているため、私は代役を務めることになったのだ。

目を通し終わった書類が小さな山になった頃、陛下は人間の姿へと戻った。

「助かった。これであと数日は、狼の姿にならずともすみそうだ」

「良かったです。では、私は失礼いたしますね」

陛下は書類の確認の続きを行うようだ。

私は一礼すると、扉の外に控えていたルシアンと共に、すぐ隣にある自分の居室へと戻った。

万が一があってはならないから、と。

陛下と私の寝室は別にされている。

扉を開けると、すぐさまいっちゃんとぴよちゃんが走り寄ってくる。

「にゃぁ！　にゃにゃぁにゃあ！」

「ぴぴよっぴー！」

二匹とも目的は食事だ。

種族は違えど、食べることが大好きなのは同じだった。

いっちゃんには取り分けておいた、ブッシュ・ド・ノエルを出してやる。クリームに入っている苺は、いっちゃんが育てたものなのだ。

「にゃにゃっ！」

どこから取り出したのか、いっちゃんが苺をいそいそと上に載っけている。切り株の上に並ぶ苺に満足すると、さっそく食べ始めた。

「ぴぴっ！」

「よしよし、ぴよちゃんもご飯ね」

ふわふわの羽毛に手を当て、魔力を流してやる。

今回、フォンや他の庭師猫達はお留守番だ。

私の離宮に集まったもふもふのうち、いっちゃんとぴよちゃんだけを連れてきている。

「にゃあ……」

「ぴぴよぴ……」

満腹になり、幸せそうに身を寄せるいっちゃんとぴよちゃん。

私の近くで一緒に過ごすことの多い二匹は、種族の違いを超え仲良くなっていたのだった。

◇◇◇

「やっぱり、雨になってしまいましたね」

アティアルド殿下がいらっしゃる当日。

私は色づいたイチョウを思わせる黄色のドレスで、離宮の玄関ポーチに立っていた。

天候はあいにくの土砂降り。

雨音にかき消され、近づいてくる馬車の音も聞こえづらそうだ。道がかなりぬかるんでいるようで、アティアルド殿下の到着は予定より遅れている。

待っているとやがて、一台の馬車が近づいてきた。

車輪が止まり、開かれた扉から現れたのは。

「やぁ、レティ。久しぶりだね」

「……え？」

驚き、そして喜び、懐かしさ。

クロードお兄様だ。

馬車から降りてきたのは、私をレティと愛称で呼ぶ、クロードお兄様だった。

ダークブラウンの髪に、常緑樹の緑の瞳。

私を可愛がってくれていたクロードお兄様が、ゆるい笑顔でそこに立っていた。

「クロードお兄様？　なぜいきなりこちらへ？」

私より、五歳年上のクロードお兄様。

王立学院卒業後は従軍義務を果たし、今は仕事で各国を転々としている。とはいえ、使者だとか外交官だとか、そんな要職ではなくむしろ閑職。上二人のお兄様と比べ凡人、地味、と。陰口を叩かれることも非常に多かった。

クロードお兄様本人は気にしていないので、特に問題はないけどね。

他人や外野に何を言われようが、気に病むような繊細な神経はしていない。のんびりと、趣味の読書を楽しみ本に埋もれる生活をしているようだ。

「ちょうど仕事で、この国に来ることになったんだ。レティがこの離宮に滞在すると聞いてね。会いに来たら道中で、アティアルド殿下の一行と出会った。行き先が同じだから、合流させてもらったんだ」

「そうでしたの……、アティアルド殿下は今どちらに？」

クロードお兄様の降りてきた馬車の後に、やってくる馬車はいない。

叩きつけるような雨が、木々や道へと打ち付けているだけだ。

「雨脚が強いだろう？　運悪く、アティアルド殿下の乗っていた馬車が、ぬかるみにはまってしまったんだ」

軽く事情を説明すると、クロードお兄様は陛下へと顔を向けた。

「レティーシアの兄、クロードです。グレンリード陛下が、この離宮の今の責任者ですよね？　馬車をぬかるみから引き出すための、工具と人を借りられませんか？」

一国の王である陛下を前にしても、クロードお兄様はどこか気の抜けた笑顔のままだ。私以上に、マイペースな性格だった。

「わかった。人を回そう」

陛下が指示を出していく。すぐに馬を走らせ、アティアルド殿下の元へ向かわせる。

しばらくすると、四頭立ての馬車がやってきた。

降りてきたのは茶色の髪に黒い瞳の、王弟アティアルド殿下だ。馬車に酔ったのか雨の冷気がこたえたのか、顔色があまり良くないようだった。

「……陛下？」

傍らの陛下を見上げる。歓待の言葉をかけるはずが、アティアルド殿下を凝視していた。

何か気にかかることがあったようで、しばの沈黙の後にようやく、唇を開くことになる。

「……雨の中よく来てくれたな、アティアルド。長旅の疲れを癒すため、まずは少し体を休めるか？」

「ありがたいお言葉です。甘えさせていただきますね」

アティアルド殿下が頷く。やはり体調が優れないようで顔色が青白い。

横になり寝転がることもできる、ゆったりとした長椅子の設置された部屋へ案内していく。

部屋へ入ったのは私と陛下、クロードお兄様、そしてアティアルド殿下とお付きの従者だ。

扉が閉められ、外からの冷気が遮断されると、アティアルド殿下が息をついた。

「すまない。これからお見苦しい姿を見せる。もう耐えられなさそうだ」

「どうされたのですか？　もしや吐き気で、もっ……⁉」

驚き、声をあげ固まってしまう。

何ごと⁉

突如、アティアルド殿下の体が光り輝き始めたのだ。

光が収まると、アティアルド殿下の姿は消え去ってしまっていた。

「……鹿？」

「鹿だねぇ」

のんびりと笑顔で言うクロードお兄様と、戸惑う私の前には。

濃い茶色の体に、ゆるやかに湾曲し上を向く一対の角。

すらりとした四本の脚で、一頭の鹿が立っていたのだ。

「アティアルド殿下、なのですか……？」

恐る恐る声をかける。

ぐー様に変化する陛下がいるのだ。アティアルド殿下だって、鹿に変身してもおかしくないのかもしれない。混乱しつつ考えていると、陛下がごく小さく、私にしか聞こえない呟きを落とす。

「私と同じ先祖返り、か」

先祖返り……。やっぱりそうなのか。

陛下が一歩近づくと、アティアルド殿下が小さく震えた。

怖いのだろうか？

陛下は狼の聖獣の先祖返りだ。鹿の姿のアティアルド殿下は、狼が苦手なのかもしれない。

「申し訳ありません。しばらくすれば、元のアティアルド殿下のお姿に戻られるはずです」

アティアルド殿下の従者が謝罪する。

彼は主の事情に、ある程度通じているようだ。

「あぁ、わかった。他の人間には、アティアルドは体調が優れず静かに横になっていると伝えておこう」

幸いと言うべきか、アティアルド殿下が鹿の姿に変化した瞬間を見たのは私達だけだ。

陛下が目撃者である、クロードお兄様へと話を向けた。

「おまえも、アティアルドのこの姿は知っていたのか？」

「いえ、俺は初めて見ました」

「その割には、鹿への変化を目撃したのに動揺が見られないが？」

「世の中にはいろいろな人間がいます。そんなこともあるかな、と」

「……人が鹿の姿に変わるのは、そんなこと、扱いできることではないと思うが」

陛下の疑問はもっともだけど、相手がクロードお兄様だからなぁ。

よく言えばおおらか。他人にどう思われようと構わない。

クロードお兄様は、だいたいそんな感じの気質だった。

「……まぁいい。わかっているだろうが、この場で見たことは黙っていろ」

「もちろんです。陛下はこれからどうされますか？」

「そうだな……」

陛下がこちらを見た。

「私はアティアルドに近づかない方がよさそうだ。アティアルドの不在を誤魔化すため指示を出してくる間、おまえがここで見ていてくれ」

「わかりましたわ」

陛下が部屋を出ていき、私はアティアルド殿下へと近づいた。

姿かたちは、普通の鹿と変わらないはずだ。……たぶん。

生きてる鹿、近くで見るのは久しぶりだもんね。前世の奈良《なら》で、鹿せんべいをあげて以来だ。

つぶらな黒い瞳に、ぴくぴくと動く耳がかわいい。

軽くしゃがみ込み、視線を合わせ問いかけた。

「アティアルド殿下はそのお姿でも、人間の言葉はわかりますか？　わかるのでしたら、二度頷いていただきたいです」

告げると二度、アティアルド殿下が頷いている。

ぐー様と同じで、この姿でも人間の言葉を理解することはできるらしかった。

「何か欲しいものや、やってほしいことはございますか？」

黒々とした瞳を見つめ問いかける。

アティアルド殿下は首を横に振りかけ、じっと私のドレスを見つめた。

「……あ、もしかして」

ドレスの隠しポケットには、ブッシュ・ド・ノエルの飾りに使った落ち葉が何枚か入れっぱなしのままだ。

取り出し手に持つと、アティアルド殿下が落ち葉を食べ始めた。鹿せんべいを食べる鹿にそっくりの、どこからどう見ても鹿そのもののお姿だ。

もそもそ、ぱりぱり。一枚、二枚と、落ち葉が無くなっていった。

「長旅で、お腹が空いていたんですね」

気の毒になり呟くと、アティアルド殿下が動きを止めた。

「わっ⁉」

再び放たれる光とともに、アティアルド殿下が人間の姿へと戻っていた。

額に手を当て、どんよりと暗い表情をしている。

「……情けない姿を、お見せしてしまいました」

深くため息を吐くアティアルド殿下。

丁寧に整えられた、鹿の背中と同じ色をした髪の毛が、顔の一部へとかかり影を落としている。

アティアルド殿下は王弟だが、エルトリアの国王陛下とはそれなりに年が離れている。今年二十四歳で、陛下と同い年だ。

落ち着いた物腰と、優美かつ上品に整った容姿。黒い瞳が深い知性と優しさを感じさせ素敵、とのことでご令嬢達に人気らしいが、今は眉を寄せ沈み込んでいた。

「私はいつもこうだ……。肝心な場でいつも失敗してしまう」

どんよりと、影を背負うようにして言うアティアルド殿下。かなりの落ち込みように、私は慌てて慰めることにした。

「アティアルド殿下、そんなに落ち込まれないでください。いきなり鹿の姿になられたのは驚きましたが、何も責められるようなことはしていませんわ」

「……自制が利かず鹿の姿を晒し、人前ではしたなくも、落ち葉を食べてしまった」

「鹿なら、落ち葉くらい食べますわ」

「人間失格じゃないか」

深くうなだれるアティアルド殿下。

……どうしよう？

下手に慰めても、よけい落ち込ませてしまいそうだし……。

「アティアルド殿下、大丈夫ですよ。レティはそんなことで、他人をバカにしたりしません。鹿かわいいなぁ近くで見れてラッキー、くらいに思ってますよ」

「クロードお兄様……」

一部図星だけど、ラッキーとまでは思ってないです……。

苦笑すると、アティアルド殿下も小さく笑っていた。クロードお兄様のゆるい言葉で、いい意味で気が抜けたようだ。

「そうだな。あまり私が、落ち込みすぎてもやりにくいだろうな。すまなかった」

謝罪と共に誠実で、温厚そうな笑みを浮かべるアティアルド殿下。

ご令嬢に騒がれるのも納得の、美青年の微笑だった。

「私だ。もう入っても大丈夫か？」

扉の外から陛下が声をかけてきた。

入室する陛下と入れ替わりに、クロードお兄様が退出していく。

「部外者はお暇するよ。レティ、またあとでね」

「えぇ、お兄様。またあとで」

クロードお兄様へ手を振り、アティアルド殿下へと向き直る。

「先ほどの鹿の姿について、お話を聞かせてもらえますか？」

「あぁ、もちろんだ。巻き込まれた君たちにはその権利がある」

ローテーブルを挟んで、長椅子に向かい合わせに座る。

隣には、陛下が腰を下ろしていた。

「アティアルド、おまえは先祖返りで間違いないな？」

「その通りです。グレンリード陛下も、先祖返りだったのですね」

「……え？」

いきなり核心へと踏み込む会話に、小さく声をあげてしまう。

アティアルド殿下と陛下に以前よりの親交はなく、顔を合わすのも初めてのはずだ。

なのにどうして、陛下が先祖返りであるとわかったのだろう？

「先祖返り同士は、直接会えばすぐにわかるものですよ」

私の疑問を察し、アティアルド殿下が答えくれた。

「私も、陛下にお会いした瞬間、すぐに陛下が先祖返りであると確信いたしました。確信し理解して、そして過剰に反応してしまったのです。陛下は、先祖返りとしての純度が高く、力が強いように感じられます。私の中にある先祖返りの力が、そんな陛下のお力にあてられ反応し、暴走してしまったのです」

「暴走……。今はもう大丈夫なのですか？」

「ええ、ご心配をおかけしました。暴走してしまったのは、ここのところ旅の身だったため満足に、鹿の姿に変じ過ごす余裕なかったからでもあります。ある程度定期的に鹿の姿にならないと、少しのきっかけで、鹿へと変化してしまうのです」

なるほど。

定期的に獣の姿にならないといけないのは、陛下と同じようだ。

「先ほど鹿の姿になったので、しばらくは心配ないということですね？」

「ええ、おそらくは。いきなりあのような姿を晒し、申し訳ありませんでした」

「気にするな。先祖返りのままならさというのは、私も覚えがあるからな」

陛下には、アティアルド殿下を咎める気はないらしい。

ならば私としても、騒ぐようなことではないのだった。

「レティーシア様も、驚かせてしまいましたね」

「お気になさらないでください。むしろ伝説を、この目で見られ感動いたしました。あの鹿の姿は、エルトリア王国の中興の祖の伝説に関係するものでしょう？」

長い歴史をもつ私の祖国は、いくども滅亡の危機に瀕したことがある。

あまたの危機の中でも最悪の、一番亡国に近づいた時代に現れたのが、聖なる鹿だと伝えられていた。不思議な力を持つ聖なる鹿がエルトリア王国の危機を救い、やがて人の姿に変じ姫君と結ばれたという伝説だ。

もっとも、今では聖なる鹿は実在せず、姫君の結婚相手が鹿を飼っていて、その鹿がなんらかのきっかけで崇められ、尾ひれ背びれのついた噂が伝説となり残ったのだと考えられていた。

「あぁ、その伝説だよ。詳しくは王家の秘密にもかかわるため教えられないが、伝説は虚構ではなく、聖なる鹿が実在したのは確かだ。私がその力を、この身に受け継いでいるからね」

アティアルド殿下が、自らの胸へと手を置き語った。

「この大陸には私の他にも何人か、先祖返りで特殊な力を持った人間がいる。先祖返りについて公表しても、無用な混乱を呼ぶばかりだから、公にはしないようにしているんだ」

もっともな話だった。

陛下も先祖返りの力のせいで、実のご両親と溝があったらしい。人の社会では異質な先祖返りの力を、隠そうとするのも自然だった。

「わかりました。私も口外しないようにいたしますね」

「助かるよ」

ほっと息をつくアティアルド殿下。

横の陛下を見上げると頷いていた。

「私が先祖返りであるということを黙っていてくれるなら、こちらも秘密は守るつもりだ。この国に滞在する間は、同じ先祖返りとしてそれなりに配慮することが可能だ。人目に触れず鹿の姿に変じられる時間を、確保できるよう協力しよう」

「ありがたいお言葉です。こちらの国には二月ほど滞在する予定ですので、とても助かります」

「滞在中、どのように過ごす予定だ？」

「まずはこの離宮で過ごさせていただき、陛下達と共に王都へ向かいたいと思います。王都では、この国の東西南北に領地を持つ、四公爵家の皆様の元を訪れさせていただく予定です」

「そうか。その際は、祖国を同じくするレティーシアにも協力を求めるといい。嫁いできて一年も経《た》たないレティーシアだが、自らの才覚と人柄により、既に多くの知己を得ているからな」

「えぇ、頼りにさせていただきますね。レティーシア様は祖国でも、とても優秀だとお噂でしたからね」

「ふふ、ありがとうございます。アティアルド殿下のお力になれたら幸いです」

期待に応えられるよう頑張ろう。

祖国エルトリアの王族であるアティアルド殿下だけど、私が王太子フリッツ殿下に婚約破棄された件については無関係だ。

むしろアティアルド殿下は、

『婚約破棄だなんてとんでもない、レティーシア様に申し訳ない』

といった具合に私に同情的な方だと、風の噂に聞いていた。

聡明とお噂のアティアルド殿下が、この国の人々と良い関係を築けるよう、私も協力したいと思えたのだった。

◇◇◇

アティアルド殿下とお話しし、用意してあったブッシュ・ド・ノエルなどを食べてもらった後。

私はクロードお兄様に与えられた部屋へと向かっていた。

「クロードお兄様、入ってもいいかしら？」

「あぁ、いいよ」

中に入ると予想通り、クロードお兄様は本を読んでいるところだった。

昔から、クロードお兄様は本の虫で、私が小さい頃にはよく、読み聞かせもしてくれていた。

そのおかげか私も本は好きだし、兄妹関係は良好なのだった。

「改めて久しぶり、レティ。元気にしてたかい？」

「楽しく過ごしているわ。クロードお兄様はどう？」

「ぼちぼちだね。国に帰った時には、兄上達によくどつかれてるよ」

「ふふ、そちらも変わりないのね」

故郷での日々を思い出し、私はくすりと小さく笑った。

わが公爵家の四人兄弟は仲が良かったのだ。

上二人のお兄様はスパルタだけど、なんだかんだ私とクロードお兄様を可愛がってくれている。

お父様もお顔は怖いけど子供思いで、家族関係はおおむね良好だ。

懐かしく思っていると、クロードお兄様が笑みを消しこちらを見ている。珍しく真顔だった。

「フリッツ殿下に婚約を破棄され、レティを取り巻く多くのことが変わったはずだ。……でもやっぱり、レティ本人は変わっていないようで安心したよ」

「クロードお兄様……」

少しどきりとしてしまう。

フリッツ殿下に、婚約を破棄された直後。

強い精神的ショックを受けたせいか、私は前世の記憶を取り戻している。

だからと言って別人になった感覚はなく、どちらも同じ私だと認識していた。

性格は、どうなんだろう？

全く変わっていないことはないけど、一人の人間の性格の振り幅として、普通にありえる範囲だと思う。

早くに母上を亡くしている私は、目の前のクロードお兄様に可愛がられて育っている。ルシアンをのぞけば、今まで一番長く一緒に過ごしているのはクロードお兄様だ。

そのクロードお兄様はこの通り、マイペースでのんびりとした性格で、一般的な貴族とはややズレた価値観の持ち主だ。

私も影響を受け、やはり普通の貴族とはズレている自覚があった。

自覚があるからこそ私は、外では立派な公爵令嬢として振る舞おうと頑張っていた。

特に婚約破棄されるまでの数年は、フリッツ殿下の婚約者として、未来の王妃として相応しくあろうと気を張っていて、精神的な余裕がなかったのだ。

前世の記憶を取り戻した影響は、素の能天気な性格と、公爵令嬢として磨き上げた性質の、表に出る割合が変わったことくらいな気がした。

その程度の違いだけど、長年一緒に過ごしたクロードお兄様には気がつかれたのかもしれない。

クロードお兄様はこう見えて、時々怖いくらい勘が鋭いのだ。

「私は私よ、クロードお兄様。何か気になることでもあるの？」

「いや、ないよ。レティが楽しくやれてるならそれで十分だよ」

レティは俺の可愛い妹だからね、と。

クロードお兄様がへらりと口元を緩め笑った。

「この国に来て、グレンリード陛下にはよくしてもらってるのかい？」

あっさりと話題を変えるクロードお兄様。

少し拍子抜けしつつも、私は会話を続けた。

「とてもよくしてもらっているわ。お飾りの王妃だと軽んじられることもないし、誠実に向き合ってくださっているもの」

「へぇ、だいぶ気に入られているんだね」

常緑樹の瞳を細め笑うクロードお兄様に、私は苦笑を浮かべてみせた。

「うーん、そこまでじゃないかも？　あ、でも、料理は気に入ってくださっているわ。私、婚約破棄されて吹っ切れて、よく料理することになったの。今度お兄様も食べてみる？」

「お酒にあう料理はあるかい？」

「あるけど、飲みすぎないでね？　昼間からお酒臭いのは嫌よ」

釘を刺しておく。

クロードお兄様は読書と同じくらい、お酒を飲むのも好きだ。

お酒に強くもあるため、気がつくとどんどん酒杯を乾《ほ》していた。

「昼に飲んでも夜に飲んでも酒は酒。お酒に罪はないよ」

「だとしても、酔い潰れる人間にはあるわ」

「酔い潰れるのが罪なら、大人の多くは罪人だよ」

肩をすくめるクロードお兄様。酒飲みのへ理屈を、ぶつぶつと口にしていた。

「もうっ、お兄様ったら」

いつも通り、変わらないクロードお兄様に笑ってしまう。

久しぶりの会話を楽しく進め、そろそろ帰るかという時に、今後の予定を確認することにした。

「俺は明日にも、この離宮を発たせてもらうつもりだよ。ここへは、レティの顔を見に来ただけだからね」

「今日来たばかりなのに慌ただしいわね」

「ここには本がないからね。持ち込んだ手持ちの本も、もう読み終わってしまうところさ。王都の適当な場所に下宿して、仕事しつつ読書しているよ」

クロードお兄様の所属は、エルトリア王国の蔵書局だ。

任されている仕事は、各国の図書館や個人所有の書庫に赴き書物を読み解き、エルトリア王国の歴史についての記述を収集し体系化すること。

と言うと真面目に聞こえるけど、実際はかなりの閑職かつ不人気職だった。

職務の性質上、各国に飛ばされるのが主な理由だ。

長い歴史を持つエルトリア王国の貴族は、他国を下に見ている人間が多かった。

これといった外交の権限や華々しい役割もなく、各国へと派遣されることになる仕事は、避けようとする貴族が大半のようだ。

「俺はしばらく王都にいるから、遊びに来てくれたら嬉しいよ」

「ええ、もちろん！　お兄様が本で埋もれていないか、ルシアンと共に見に行くわ」

のんびりと笑顔のクロードお兄様と、私は再会の約束をしたのだった。

◇　◇　◇

森の離宮での滞在は、アティアルド殿下の先祖返り発覚以外トラブルもなく過ぎていった。

私が王都へ戻ってからは時折離宮で、アティアルド殿下とお茶をする関係になっている。

アティアルド殿下は、獣人への偏見が薄かった。他国の人間を下に見ることもなく温厚なため、この国の住人にはおおむね好意的に迎えられているようだ。

「クロードお兄様の方も、この国で上手くやれてるかしら」

王都を走る馬車の中。私は窓から進行方向、クロードお兄様の下宿先がある方向を見た。

クロードお兄様は私の離宮に遊びに来た時、庭師猫に気に入られ、飼い主になっている。

その庭師猫が寒さが苦手な子だったため、飼い主となったクロードお兄様に、私は一つ贈り物をしていた。今日はその贈り物の使われ具合を確認しに、クロードお兄様の下宿へ向かっていた。

「来たわよ、クロードお兄様。入るけどいい？」

「入って来てくれ。鍵は開けてあるよ」

王都にある単身者向けの建物の一階で、クロードお兄様は暮らしていた。交通の便はよくないところだが、その分家賃は安いようだ。浮かせた家賃分で、さっそく書物を購入しているようで、下宿には早くも、書物の山がいくつも築かれていた。

「あら、ヘイルートさんもいらしてたのね」

「お邪魔してるっす。いやぁ、この紋章具、いいものですねぇ」

クロードお兄様の友人でもある、画家のヘイルートさんだ。くつろいだ様子で座り、足を布団の中へと入れている。

ヘイルートさんが使っているのはコタツだ。

より正確に言えば、コタツによく似た紋章具。天板の下に熱を発する紋章具が取り付けられており、熱を逃がさないよう、外側を綿入りの布団で覆ってあった。

コタツにはクロードお兄様とヘイルートさんが、のほほんと足を入れている。ヘイルートさんが座るのと反対側の布団の上では、白黒ハチワレ模様の庭師猫も丸くなっていた。

「みーちゃんも、コタツを気に入ってくれたみたいね」

みかんが好きだからみーちゃん。

そして、みかんといったらコタツだよね、という連想ゲームによって、寒がりのみーちゃんのためにコタツ（に似せてリディウスさんと一緒に作った紋章具）を贈ることになったのだ。

コタツの恵みに私もあやかろうと、いそいそと座り布団へと足を入れる。

じんわりぽかぽかとした温かさに包まれ、心までほぐれていくようだ。

「コタツ、いいわよね……」

「わかる」

「わかるっす」

「にゃにゃぁ～」

三人と一匹、温かなコタツを満喫する。

冷え込みが強まる晩秋、コタツはとてもありがたかった。

「みかん、一個もらうわね」

「にゃっ！」

頷くみーちゃんの許可を得て、みかんの皮をむいていく。

筋をとったら半分に割って、片方をみーちゃんに渡してやる。みかんを育ててくれたお礼だ。

向かいに座るクロードお兄様も、みーちゃんにみかんをむいている。マイペースなお兄様だけど、昔私に読み聞かせをしてくれたりとなんだかんだ、面倒見はいい方だった。

「みーちゃん、クロードお兄様との生活はどう？」

「にゃうみゃうにゃ～～～～」

みかんをむき献上してくれるので満足です、と言うように頷くみーちゃん。

庭師猫の肉球じゃ、綺麗にみかんをむくのは難しいものね。クロードお兄様とはのんびりとした気性のもの同士、上手くやれているみたいで安心なのだった。

◇◇◇

お兄様の下宿先へ、みーちゃんとコタツの様子を見に行った翌日。

私は離宮にアティアルド殿下の訪問を受け、お茶菓子を出していた。

「アティアルド殿下は、たいそう評判が良いようですね」

王都へやってきて一月ほど。アティアルド殿下は社交に精を出し、多くの有力者と縁を繋ぎ友好的な関係を築いているようだ。

アティアルド殿下は茶器を置くと、控えめな笑みを浮かべている。

「レティーシア様のお力添えのおかげです。紹介いただいた方々はみな、レティーシア様をお褒めしていましたよ。早くもこちらの国で、愛され慕われているのですね」

「ふふ、それは料理のおかげかもしれませんわね。美味しい料理は、絆を結ぶよすがになってくれますもの」

「違いありません。このタルトも、とても美味ですからね」

チョコをふんだんに使ったタルトを、アティアルド殿下にお出ししていた。

アティアルド殿下はチョコレートがお好きだ。

森の離宮で出したブッシュ・ド・ノエルで、チョコレートの虜になったようだった。

和やかに歓談し、お茶菓子が胃に消えたところで。

アティアルド殿下が、確認するように言葉を紡いだ。

「レティーシア様はこの国で、心健やかな毎日を送っているのですね」

「ええ、この国の方々には、とてもよくしてもらっていますわ。この地を既に、第二の祖国のように感じていますもの」

「祖国、ですか。……エルトリアでの婚約破棄の件についてはもう、思い出されることも少なくなっているのでしょうか？」

「あまりありませんわ」

あんなこともあったなぁ、と。時々思い出す程度になっている。

私が婚約破棄された後、国がどうなったかは気になり情報を仕入れてはいるけれど。

婚約破棄そのものや、元婚約者のフリッツ王太子、私の代わりに婚約者になったスミアについて、個人的に思い返すことは滅多になくなっている。

過去の出来事として、割り切っている状態だった。

「料理を作り、陛下とお話しし、この国の方々と共に過ごす。そんな日々を送っていると、楽しくもない過去の出来事を、わざわざ思い出す暇はありませんでした」

「……レティーシア様はお強いですね」

アティアルド殿下は笑みを深くすると、一度目をつむった。

「私が今回こちらへやってきたのは、両国の関係を深めるため以外にも目的があります」

「来年の春先にエルトリア王国で開かれる、国王陛下の在位十周年を祝する式典への招待状を、私と陛下に渡し出席を促すためでしょうか？」

「そうです。でも、それだけでは正確ではありません。国王陛下の在位十周年の式典とあわせ、フリッツ王太子殿下の結婚式を開く予定なのです」

「フリッツ殿下の……」

元婚約者の、結婚式への出席。

私にフリッツ殿下への執着はないとはいえ、向こうの行動次第で、一歩間違えれば修羅場になりそうな状況だ。

「それは、私が出席しても大丈夫なのでしょうか？」

「結婚する二人は、レティーシア様の出席を望んでいるそうです。……自分たちはこんなに幸せになったのだと、見せつけたいと思っているようです」

「そう……」

だとしたら断りにくかった。

結婚式の招待客は、結婚する人物の格を測る一種の目安になる。

お飾りとはいえ一国の王妃である私が出席した方が、二人の結婚により箔《はく》がつくとあちらも思っているのかもしれない。

国王陛下の在位十周年の式典に出席しておいて、直近のフリッツ殿下の結婚式に欠席しては、どうしても角が立ってしまう。

だからといって、国王陛下の在位十周年の式典まで欠席するのは、外交上よろしくない選択だ。

向こうが結婚式にきてくれと言うなら、断りにくい状況だった。

「私自身は、レティーシア様を結婚式に招待することは反対でした。一方的に婚約を破棄し国から追い出しておいて、結婚を祝福しろなどと虫のいい、レティーシア様のお心を踏みにじる行為に思えてならなかったからです。……ですが、この国へ来てこうして、レティーシア様とお話してわかりました。レティーシア様は婚約破棄について乗り越え、この国の王妃として立派に振る舞われています。そんなレティーシア様なら、結婚式にお呼びしても大丈夫かと、そう考えるようになったのです」

「……そうだったのですね」

考える。

考え、そして選択した。

「わかりました。エルトリア国王陛下の在位十周年の式典と、フリッツ殿下の結婚式。両方出席する方向で、陛下に提案してみたいと思います」

十七年間暮らしていた、故郷エルトリア王国への訪問を。

私は決意したのだった。

◇　◇　◇

陛下にお話しし相談した結果、私のエルトリア王国行きは正式に決定した。

ここを発《た》つのは来年の初春。まだ少し先だが、ぼちぼち準備をしていく必要があった。

「にゃう？」

机に座り、今後の予定を考えていると、いっちゃんが近くへと寄ってきた。

身軽に机へと飛び乗り、ライトグリーンの瞳でこちらを覗き込んでくる。

「いっちゃん、今度ね、私、追放された故郷に戻ることになったのよ」

右手を伸ばし、小さな頭を撫でてやる。

気持ちよさそうに、いっちゃんは髭を揺らし目をつむっていた。

「しばらくこの離宮を空けることになるけど、いっちゃんはどうする？」

問いかける。

いっちゃんが目を開け、こちらを見上げてきた。

「にゃにゃっ！」

「わっ」

すりすり、もふもふ。私の体に、いっちゃんが頭をこすりつけていた。

近くにいたい、と。意思を示しているのかもしれない。

「いっちゃんも、一緒に来てくれるの？」

「にゃっ！」

勢いよく頷いたいっちゃんは、まるで。

『苺料理を出してくれるなら、どこまでもついていく』、と。

そう告げているようだった。

「ふふ、ありがとね、いっちゃん」

私は微笑み、いっちゃんを一撫ですると。


――祖国へと向かう準備を、始めることにしたのだった。

Extra edition

「やはり、空を飛ぶ生き物は良いな」

黒髪を風に遊ばせ、ウィルダム翼皇国の皇太子、エルネストは呟いた。

カッパーの瞳が見つめる上空では、グリフォンが力強く羽ばたいている。

(良い。楽しそうに飛んでいる。翼が空気を打ち、高く高く昇っていく感覚を、全身で楽しんでいるようだ)

見ていて気持ちがよくなる飛びっぷりだ。

グリフォンにまたがる乗り手、レティーシアも楽しそうにしている。

金の髪を流星のごとくなびかせ、ドレスの裾をはためかしていた。

(まだ拙さは残るが……)

天馬騎士として何年も鍛えたエルネストから見れば、まだまだグリフォンの飛ばせ方、騎乗術に甘いところはある。

あるのだが、それ以上に華があった。

互いを信頼し、空を舞う一人と一匹の姿に、多くの人間が惹きつけられている。

エルネストの連れてきた天馬騎士数人も、レティーシアの飛行の軌跡を追っている。

離宮の建物を見れば、窓のいくつかに使用人が張り付き、グリフォンを飛ばすレティーシアを応援していた。

エルネスト本人も、気がつけばレティーシアとグリフォンから視線を外せなくなっている。

飛行技術へ助言するため見上げていたのだが、それとは関係なく、純粋にレティーシアを見ていたいと願う自分がいた。

(目を離してはもったいないからな。あいつは次々と、愉快なことをしでかしてくれる)

軽々と、レティーシアは予想を超えていく人間だ。

天馬騎士だったテオドールとの決闘を受け圧勝して。

つい先日も、まるで生きているかのような天馬のチョコレート菓子を贈ってくる、など。行動が読めないことこの上なかった。

空を飛ぶことを恐れないのも珍しく、エルネストとしても好ましかった。

(空はいい。空を愛する人間もまたいいものだ)

一つ間違えれば墜落し大惨事になるからこそ、その恐怖を制し空を行く人間は好ましい。

エルネストの見ている前で、レティーシアがグリフォンを減速させつつ、ゆっくりと地上へ降りてきた。

「エルネスト殿下、今の飛行はどうでしたか？」

かすかに頬を上気させたレティーシアが、グリフォンから降り近づいてくる。

アメジストの瞳が飛行の高揚感の余韻に輝き、光を放つようだ。

束の間見とれて、しかしそれを誤魔化すように、エルネストは皮肉気に唇を釣り上げた。

「六十点といったところだ。五度目の右旋回の際、重心が完全に後方へブレていた」

「うっ……。でも、六十点は低すぎでは？」

「他にも全体的に、減速時の手綱さばきが遅れがちだ。反対に加速時は前のめりに、指示を出すのが早い傾向がある」

「手厳しい……。でも、やっぱりまだまだ、改善点はあるのよね。教えてもらえて助かるわ」

レティーシアは前向きで筋が良く、なかなかに教え甲斐があった。自分の教えが彼女の中に刻まれていくことに満足感を覚えるからこそ、エルネストは指導を続けているのだ。

「減速時の手綱さばきのタイミングって、どうやって計ればいいんでしょうか？」

「羽ばたく翼が、一番下にいった時点だ。そこで手綱を引き始めれば、ゆるやかに減速に入ることができグリフォンも楽になる」

「一番下にいった時点で……」

上手くイメージできないのか、レティーシアが考え込んでいる。

「慣れれば難しいものではない。加速と減速の見本を見せてやる」

レティーシアの力になるべく、エルネストは愛馬のシルファへとまたがった。

呼吸を合わせ、翼をはためかせ、地を蹴り天へと駆け上がっていく。

心地よい。

いつも飛行はエルネストの心を躍らせるが、今日はまた格別だった。

レティーシアがこちらを見ているのだ。

彼女の視線と期待を受け舞う空は良い。

加速と減速を繰り返し、自由自在に天馬を空に駆けさせていく。

気持ちよく飛んでいたエルネストだったが、ふいに強い視線を感じた。

（……狼？）

鋭敏なエルネストの視力が、木々の合間からこちらを見上げる銀狼の姿を捉えた。

青みがかった碧の瞳を、ひたと上空のエルネストへと向けていた。

（妙な銀狼だ。……気に食わないな）

銀狼はおそらく、王城で飼われている狼のうちの一頭だ。

今までにも何回か、狼に見上げられたことはある。その時は今のような、不快感は感じなかったはずだ。

なぜかと考え、エルネストは唇を釣り上げた。

（国王陛下と、同じ瞳の色をしているからか）

ヴォルフヴァルト王国の国王グレンリード。

レティーシアの夫である彼女を、思い出してしまうからだ。

（周囲やレティーシア本人には、彼女のことはただのお飾りの王妃だと言っているようだが）

決してそれだけではないと、エルネストは確信している。

王城で開かれた舞踏会に参加したあの日。

エルネストはレティーシアを、自分の国に欲しいと呟いていた。

彼女に心動かされ、半ば無意識に唇から零れ落ちた、ごく小さな呟きだった。

にも拘わらず、グレンリードは聞き逃さなかったのだ。

弾かれたようにレティーシアの手を引き、エルネストから遠ざけようとしていた。

(あれのどこが、ただのお飾りの王妃に対する扱いだ？)

明らかに、エルネストを意識しけん制する動きだった。

レティーシアをおまえには渡さなさい、と。

叩きつけられた敵意には、受けて立つのがエルネストの流儀だった。

お飾りとはいえ王妃であるレティーシアに、不倫や愛人関係を申し込むつもりは欠片もない。

正々堂々、誰もが認める自らの妃として、彼女を手に入れたいと思っている。

(レティーシアらの結婚は『白い結婚』だ。二年が過ぎれば、あいつがお飾りの王妃である必要もなくなる)

二年間、夫婦の肉体関係がない場合、この国では結婚自体をなかったことにできる。

その時、レティーシアの心を射止めていた人間が、彼女の生涯の伴侶《はんりょ》になるはずだった。

(俺は負けるつもりも、譲ってやるつもりもないからな)

挑むように、エルネストは銀狼を見下ろす。

グレンリードを重ね見ていると、向こうも負けじと睨んできた。

睨みあうことしばらくして。

「エルネスト殿下？　どうされたのですか？　何か異変でもあったのですか？」

地上から、レティーシアの叫び声が切れ切れに聞こえた。
彼女を心配させるのは本意ではない。
地上からの叫びに気を取られた隙に、銀狼も森の中へと消えている。
エルネストは小さく笑うと、天馬の手綱を引いた。
(レティーシアの待つ地上へ戻るか)
空から地上への道行も、彼女の元へ向かうと思えば悪くなく感じた。
――――レティーシアを必ず手に入れてみせる、と。
決意も新たに、エルネストは地上へと天馬を駆けさせたのだった。

「よし！　完成、っと！」

ぐつぐつと煮込まれた鍋を前に、私はにっこりとしていた。

豚肉を白ワインと、ワインから作られたワインビネガーで煮込んだ料理だ。

じっくり煮込んだことで、豚のバラ肉のうま味がぎゅぎゅっと凝縮されている。

味付けのワインビネガーのおかげでお肉はやわらか。香りづけに入れたローズマリーとローリエ、セロリのおかげで、脂っぽくなりすぎずまとまっている。

最後に塩コショウで味を調えれば完成だった。

「クロードお兄様、ワインなら白が好きだものね」

豚肉の白ワイン煮込みをはじめ、おつまみにしてもいける料理を、私は作っているところだ。

クロードお兄様の下宿を訪ねるので、手土産として持っていく予定だった。

「そろそろ一回、様子を見に行かないとまずそうだものね……」

「少し目を離すと、あっという間に本で埋もれていますからね。クロード様は、ものを散らかす才能にいささか恵まれすぎています」

隣で調理を手伝ってくれていたルシアンが、笑顔で毒を吐いている。

私に長年仕えてくれているルシアンは、クロードお兄様のこともよ〜く知っている。

性格は片や真面目で勤勉、もう片方はマイペースなめんどくさがりやと正反対だが、年が近いこともあり、それなりに仲良くしているようだった。

出来上がった料理を馬車に積み込み、クロードお兄様の住む下宿へと走らせる。

「お酒臭い……」

「お、レティーシア様じゃないですか」

玄関を抜け、二つ目の部屋の扉を開けると先客がいた。

ヘイルートさんがコタツに入り、木製の酒杯を片手で掲げている。クロードお兄様と酒盛りをしていたようで、コタツの天板には既に何本もの空き瓶が転がっていた。

今にも本棚からあふれ出しそうな書物に囲まれ、二人楽しく飲んでいたようだ。

「レティもこっちに来て飲むかい？」

「遠慮しておくわ。クロードお兄様につきあっていたら、二日酔いは間違いないもの」

私もお酒は強い方だけど、クロードお兄様ほどではなかった。

お飾りとはいえ王妃の私が、王城の外で酔いつぶれるのはさすがにまずいので、クロードお兄様と飲むのはまたの機会にしておく。

「クロードお兄様達も、飲みすぎないようにしてね？　これ、おつまみにもなるから、お酒ばかり飲まず食べてみて」

「レティーシア様の料理ですか！　やりましたねクロード様！　オレ達の勝利っすね！」

「やったね行けるよ！　最高だね！」

行けるって、どこに行くつもりなんだろう？

テンション高く、既に出来上がりつつある酔っ払い達に苦笑し、おつまみを並べていく。

ルシアンは散らかった部屋が耐えられないのか、手早く片づけていた。

「それ、なんすか？　丸くてころころしてますね」

ヘイルートさんが指し示したのは、うっすら黄金色の衣をまとった揚げ物だ。

「チーズを鶏肉で包んで揚げたものよ。おひとついかが？」

「もらいますもらいますよ。揚げ物いいっすよね～」

油の実験につき合ってもらって以来、ヘイルートさんは揚げ物のファンになっていた。

揚げ物、お酒にもよく合うから、ますます好きになってくれるかも？

金属製のピックをヘイルートさんに渡すと、さっそくチーズ揚げに突き刺している。

保温に気をつけて運んできたから、まだほんのりと温かいはずだ。

「おっ！　中からとろりとチーズが！　衣と鶏肉に絡んでたまらないですね！」

「わかります。止まらなくなりますよね」

ヘイルートさんに続き、私も次々にチーズ揚げに手を伸ばした。一口で食べられるチーズ揚げは、ぽいぽいと口へ運べてしまうのだ。

肌寒くなってきた今、とろりとした濃厚なチーズのコクをより美味しく感じられる。

酔っ払い二人も、おつまみが入ったことで飲むペースが落ちてきたようだ。

おつまみをつつきながら、上機嫌で楽しく喋っていた。

「みにゃっ！」

「あら、みーちゃん」

コタツの奥からごそごそと、白黒ハチワレ模様の庭師猫、みーちゃんが這い出してきた。

私のドレスの裾をちょいちょいと肉球で叩き、もう片方の手で部屋の片隅の棚を指している。

背の低い棚には、こんもりとみかんが積まれた籠が入っていた。

「みかんをとって来てほしいのね？」

「みっ！」

みーちゃんが頷いている。

みかんは食べたい。でもコタツからは出たくない。

じゃあ他の人にとって来てもらおう！　ということのようだった。

「まったく。横着はいけませんよ」

小言を言いつつも、ルシアンが籠ごとみかんを取ってきてくれた。

ありがたく受け取り、みーちゃんのためにみかんをむいていく。筋を取り手渡すと、宝石を捧げ持つように両手で受け取り、幸せそうにもぐもぐとしている。

「みーは本当に、みかんが大好きなんだね」

ほろ酔いのクロードお兄様が、しまらない笑顔でみーちゃんを見ていた。

「クロードお兄様だってお酒ほどじゃないとはいえ、みかんは好物よね」

「うん。味は好きだよ。でも皮をむいて筋を取るのは面倒くさ――うわっ⁉」

「みぎゃっ！」

みかんへの悪口には制裁あるのみ！

といった勢いで、みーちゃんが猫パンチを繰り出している。

「あいたたた、ごめん、ごめんって、ごめんごめん」

「あははクロード様、猫に負けてますね～～～」

唸る肉球、謝るクロードお兄様、笑い続けるヘイルートさん。

宅飲みらしく、騒がしくカオスな盛り上がり具合のようだ。

『人間は愚かな生き物ですにゃ……』

と言いたげな半目で、一足先に落ち着いたみーちゃんが、酔っ払い達に呆れている。

酒盛りを横目で見つつ、私が五つほどみーちゃんと折半しみかんを食べ終えた頃には、ルシアンも一通り片づけを終わらせたようだ。

「ルシアン、ご苦労様。みかん一つ食べる？」

ちょうど筋を取り終えたみかんを半分差し出すと、

「にゃっ！」

「あっ……！」

まだまだ食べたりません！　と主張するがごとく、みーちゃんがみかんを取っていった。

「ははは！　トンビにアブラアゲならぬ、庭師猫にみかんってところだね！」

何がツボに入ったのか、酔っ払い、もといクロードお兄様が爆笑している。

笑いながらも、虎視眈々とみかんを狙うみーちゃんのためにみかんをむきはじめたあたり、飼い主としての責任は感じているのかもしれなかった。

「トンビにアブラアゲ……？ 何ですかそれ？ ただの酔っ払いのうわごとっすかね？」

クロードお兄様の言葉に、ヘイルートさんが首を捻っている。

「ははは、そこまで酔っちゃいないさ。アブラアゲ、っていうのは美味しい料理らしくてね。なのに食べようとしたところを、トンビに奪われてしまい残念、という言い回しだよ」

「へぇ、知らなかったです。世の中、いろいろな言い回しがあるもんなんですね」

ヘイルートさんが知らないのも当然だ。

油揚げ、この国にはそもそも存在していないものね。

どうやら私は、前世二十数年分の記憶を思い出す前から、ちょいちょい前世の知識を断片的に思い出すことがあったらしい。その当時は知識の出どころがわからなかったけど、何かの本で読んだのだろうと納得していたのだ。

私とよく一緒に過ごしていたクロードお兄様も、たまにこの世界には存在しない言葉や言い回しを使うことがあるのだった。

「トンビにアブラアゲ、残念でしたね。気晴らしに一杯飲みませんか？」

「遠慮しておきま――」

ルシアンの言葉の途中、玄関の扉がノックされた。

誰か来客予定でもあるのかと視線で問うと、クロードお兄様は首を横に振っている。

「確認してまいります」

ルシアンが向かい、細く扉を開けると、

「グレンリード陛下⁉」

思ってもいない相手が立っていた。

どういうことかと近づくと、陛下が声を潜め囁かれた。

「ここのところおまえは、たびたび兄のクロードの元を訪れていただろう？　どんなところか気になっていたのだ。今日、偶然時間が空いていたから、銀狼の姿で王城を抜け出し見に来た」

「ぐー様の姿で……。騒ぎになりませんでしたか？」

「抜かりない。銀狼の足なら、人目につかぬよう死角をぬって走ることも可能だ。この家の場所も、おまえから以前に聞いていたからな」

王城を出る際、私は陛下に行き先を提出している。確かにそれなら、迷わずここへ来れそうだ。

納得していると、ヘイルートさんが陛下へと声をかけた。

◇　◇　◇

「おっ、こんなところに陛下じゃないですか。一緒に飲んできませんか？」

ヘイルートのかけ声に、グレンリードはわずかに目を細めた。

（レティーシアが、兄のクロードと過ごすのみならば良かったのだが……）

問題はヘイルートだ。ライオルベルン王国の間諜《かんちょう》であるヘイルートを、自分の目の届かない場所でレティーシアに接触させるのはいささか気がかりだった。

（レティーシアであれば、ヘイルートに簡単に出し抜かれ利用されることはないだろうが……）

理解していても気がかりは消えず、銀狼の姿になり理性の枷《かせ》が弱くなった時に、気がつけばここまで足を運んでいた。

すると案の定と言うべきか、クロードの友人だというヘイルートが、レティーシアと共に過ごしていたのだ。

グレンリードとしては見過ごせず、ヘイルートの誘いは渡りに船であった。

「あぁ、いただこう。共に心ゆくまで、酒杯を乾し楽しき時間を過ごそうではないか」

言葉に反し、浮かれる気配など見せず淡々と、グレンリードは酒杯を傾けていったのだった。

◇◇◇

「うぅ……。こんなん反則ですよ」

陛下が酒宴に参加してから一時間ほど後。

コタツにはヘイルートさんとクロードお兄様、二人の屍《しかばね》が転がっていた。みーちゃんがつっついても呻き声をあげるだけ。完全に潰れてしまっていた。

「なんだ？　もうしまいか？」

一方の陛下は涼しい顔だ。二人を潰してなお、酔った様子もなくけろりとしている。

積みあがった酒瓶は陛下の勝利の証だ。

クロードお兄様はかなり酒に強く、ヘイルートさんは更に強いらしかった。

しかし陛下はそんな二人よりも更に数段上、ありえないほど酒に強いようだ。

「酒飲みインフレがすごい……」

呟くと、陛下が立ち上がった。

酔いの影響など見られない、確かな足取りをしている。

「酒宴は終わった。二人ともこれ以上飲めないようだし、私達は帰ることにしよう」

「はい……。陛下は大丈夫なのですか？　かなりお酒を飲まれていましたが」

「先祖返りの特性だ。あれくらい水のようなもの。顔が赤くなってすらいないはずだ」

「顔……」

陛下を見上げる。

確かに顔色はいつも通り。素面《しらふ》そのものに見えた。

「あ……」

視線を下ろすと肌色。

シャツの隙間から喉ぼとけと首筋、浮き出た鎖骨までも覗いている。

陛下は珍しく、首元のクラヴァットを外しシャツのボタンを開けていた。

酒は水と言っていたが、やはり少しは酔っていて、暑くなったのかもしれない。

「レティーシア、どうしたのだ？　頬が赤くなっているが、もしや酒の匂いにあてられたのか？」

「……なんでもありませんわ」

誤魔化すように言い、持ち込んだ皿をルシアンと回収する。

初めて見る、陛下の男らしい首元や鎖骨をつい見てしまっていました、なんて。

正直に言うのは気恥ずかしくて、私は視線を逸らしたのだ。

お酒を水のごとく飲まれ、首元をはだけた陛下は目の毒。

――お酒はどうかほどほどに、と。

そう思った私なのだった。

本書に対するご意見、ご感想をお寄せください。

あて先

〒162-8540 東京都新宿区東五軒町3-28
双葉社　Mノベルス f 編集部
「桜井悠先生」係／「凪かすみ先生」係
もしくは monster@futabasha.co.jp まで

Mf ノベルス

# 転生先《てんせいさき》で捨《す》てられたので、もふもふ達《たち》とお料理《りょうり》します～お飾《かざ》り王妃《おうひ》はマイペースに最強《さいきょう》です～④

2021年6月16日　第1刷発行

著　者　桜井悠《さくらいゆう》

発行者　島野浩二

発行所　株式会社双葉社
〒162-8540　東京都新宿区東五軒町3番28号
［電話］03-5261-4818（営業）　03-5261-4851（編集）
http://www.futabasha.co.jp/（双葉社の書籍・コミック・ムックが買えます）

印刷・製本所　三晃印刷株式会社



［電話］03-5261-4822（製作部）
ISBN 978-4-575-24413-7 C0093　

Mノベルス
ヒトを勝手に参謀にするんじゃない、この覇王。
ゲーム世界に放り込まれたオタクの苦労
TSUKASA MINATOSE
港瀬つかさ
ILLUSTRATION まろ
突然、RPGゲーム世界に放り込まれたオタク女子大生・榎島未結。やり込み知識でうっかりゲームの展開を呟いたら、イケメン獅子獣人の覇王アーダルベルトに捕まって、やりたくもない参謀にされてしまい……。仕方ないから、ゲーム知識を《予言》にして、国と覇王（推し）の破滅を乗り越えよう!?
「小説家になろう」発、第七回ネット小説大賞受賞作が登場！
発行・株式会社　双葉社